新潮文庫

静かに 健やかに 遠くまで

城山三郎著

目次

第一章　生きてゆく日々

第二章　会社のメカニズム

静かに 健やかに 遠くまで

編纂&編集協力　(株)元気工房

第一章　生きてゆく日々

長い旅路

あわただしく騒がしい世の中である。

「黙っていては、とり残される性急に声を上げた方がいい」と気弱なひとは、つい考える。そんな風にそそのかすひとも居る。
だが、ほんとにそうなのだろうか。
交通標語ではないが、「せまい日本、そんなに急いでどこへ行く」といいたくなる。あるいは、長い人生、そんなにあわてて何がつかめるのか。

『打たれ強く生きる』

＊

「人生は謂《い》わば一つの長距離競走だ。焦《あせ》る必要はない。平らな心で一歩一歩を堅実に。最初から力の限り走る必要はない。急げば疲労をおぼえ、焦れば倦怠《けんたい》を招き易《やす》かろう。永い人生だ。急いで転んでもつまらないよ」『鼠《ねずみ》』

＊

「死とは何か」「人生とは何か」などという問いは、実人生においては、何ほどの意味も持たない。死のかげを払いのけ、とにかく生活してみること。人生を歩いてみて、はじめてその真実がわかるのではないだろうか。『男たちの経営』

＊

この日
この空
この私
このところ、私はそんな風につぶやくことが多い。そうした思いで暮していけたら、と願っている。

自分だけの、自分なりの納得した人生──それ以上に望むところはないはずだ、と。

『男の生き方』四〇選 上巻

＊

人生の持ち時間に大差はない。問題はいかに深く生きるか、である。深く生きた記憶をどれほど持ったかで、その人の人生は豊かなものにも、貧しいものにもなるし、深く生きるためには、ただ受け身なだけではなく、あえて挑むとか、打って出ることも、肝要となろう。

『この日、この空、この私』

＊

一回限りの人生、せめて屈託なく過したい。

仕事柄とはいえ、わたしは小さなことがいつまでも気になったり、つまらぬことでくよくよする。情けなく思い、損をして生きている気がし、颯爽《さっそう》と生きる人がうらやましい。

「裸にて生まれてきたに何不足」「焚《た》くほどは風がくれたるおち葉かな」など、古来、屈託のなさを説く言葉や句は多い。

理屈としては、たしかにその通りである。

だが、現実に生きる中で、その理屈はどうなるのか。

『屈託なく生きる』

＊

「中道にして斃《たお》れる——いやな言葉ですね。もう一度人生がもらえるわけでもないのに」

『男たちの好日』

＊

その夜、台風は荒れ狂った。

わが家も風にゆさぶられ、大雨に打たれ続けた。

うとうとしている中、夜が明けた。

庭に出てみると、桃と葡萄《ぶどう》だけが倒れている。他の庭木は無事なのに、不相応にたわわに実をつけていた木だけが、その重みのために足をすくわれた形であった。

「青い実をできるだけもぎとって、数を少なくしておくように」

と、園芸好きの人から注意されていたのだが、欲深なのと、もぐのがかわいそうなのとで、ためらっている中、実どころか本体も危くしてしまったわけである。青い実を抱えたまま地に臥《ふ》している果樹の姿は、「省く」ことの大切さを身を以《もっ》て訴えているようでもあった。

倒木といえば、いつかカリフォルニヤで、台風のため、相当に大きな木が簡単に倒されているのを見た。

半砂漠のような風土なので、木の根はわずかなおしめりを求めて広く広くひろがり、深く根づこうとしないため、という説明を聞いた。

人生、実の多いのもだめなら、根の浅いのも危ない、ということであろうか——。

『湘南《しょうなん》』

人間の表うら

人間とは奥の深い存在である。一人の人間がいくつもの顔を持っている。田中角栄について報《しら》されてきたことが、そうであった。田中総理の誕生に、マスコミは「今太閤《いまたいこう》」と賛辞を送った。修身の手本になりかねなかった。そして、数年……。

人間には裏があり、裏の裏があり、裏の裏の裏がある。

わたしは、武田泰淳《たけだたいじゅん》さんの言葉を思い出す。

「いい人間、わるい人間と、何回もひっくり返る。人間とはいつ評価が逆転するかわからぬあいまいなものなんだ」

人間も作品もわからぬものほどおもしろい、というのが、武田さんの持論であった。

『打たれ強く生きる』

＊

「癇《かん》の強い馬でなくては、競争に勝てぬ。癖のある人間でなくては本当の働きはできぬ」

『零《ゼロ》からの栄光』

＊

ケインズに言わせると、〝悲観の誤謬《ごびゅう》〟といって、悪いときには実際より悪く想定しちゃう。たとえば、実際は五パーセントしかダウンしなくても、この分では来期は八パーセント、ダウンになるだろう……なんてね。

逆にいいときは、〝楽観の誤謬〟が働いて一割しか儲《もう》からない場合でも、二割ぐらいは儲かるかもしれないと判断するんですが、人間は、きわめてそういうことをやりやすいんだと言ってますね。

『サラリーマンの一生』

＊

「井戸を掘っているときは助けにも来てくれなかったくせに、水が出たとなると、わっと寄ってくる」

それが多くの人情なのであろう。　『打たれ強く生きる』

＊

「弱肉強食だよ。誰が悪いということもない。弱いものは、結局、餌食《えじき》になる他はないんだ」　『甘い餌《えさ》』──『不渡り』

＊

「チャンスを生かしたまでです。横綱に押されながら土俵ぎわを逃げまわって、辛《かろ》うじて踏みとどまった。やっと踏みこらえ、次に横綱の隙《すき》を見てすかさず派手な技をしかけたというところです。そのどこがいけないのでしょう。疲れてはいても、相手に隙があれば、すかさず攻撃をしかける。弱い者にはそれ以外に勝つチャンスはないでしょう」　『価格破壊』

人間はいつでもワルになる。生来、ワルなのかも知れない。ワルの中で身を守るには、ドライであるしかない。

『外食王の飢え』

＊

（いろいろの流儀のちがった人間が寄合い、けんかしたり、助け合ったりして進んで行くところに、世の中のおもしろさがある。他人には、結局、他人の流儀を進ませるより他に法がない）

『雄気堂々　下巻』

＊

「無力な者が大勢集まれば、一つの力にもなるだろう。けど、その力も、一人に戻れば、消えてしまう。そんな力は幻だ」

『成算あり』

＊

僕は学生時代、ちょっとキリスト教を信仰した時期があったんだけど、そのとき牧師から聞いた話で非常に印象的だったのは、悪魔は人間を堕落させようと思って、ずいぶんいろんな誘惑を仕掛けた。それで神様が悪魔を諭《さと》してこう忠告した——。

「そんなひどいことばかりしちゃいかんじゃないか」

「わかりました。これからは自粛しましょう。でも、そんなに悪いことじゃないから、一つだけ許してくれませんか」

「一つだけ？　それはなんだ」

「絶望だけは与えてください」

「まあ、それぐらいはいいだろう」

『サラリーマンの一生』

ニセモノと本物

　私は自民党の三賢人と言われた椎名《しいな》悦三郎さん、前尾繁三郎さん、灘尾《なだお》弘吉さんのことを「文藝春秋」に書いた（『賢人たちの世』）ことがありますが、たとえば灘尾さんの地元の広島には、灘尾教といわれるくらい熱心な支持者がいました。灘尾さんの人柄に心底感心して、何かあったら手弁当で駆けつける。また知的ということでは、前尾さんはご存じのようにたいへんな勉強家で著作もあった。支持者は前尾さんの知性に感心してついてくる。私はこういうのが本物ではないかと思うんです。テレビの画面だけで見栄《みば》えがいいのは、私に言わせれば偽物《にせもの》ですね。媚《こ》びるだけの、見せかけだけの恰好《かっこう》よさは、何もしない人よりもっと悪いのではないでしょうか。

『失われた志』

＊

「なるほど、あの男は、いろんなことをやっているが、それだけに器用貧乏だし、無理がある。結局、どれも、本物になれない。本来、ニセモノだし、生涯、ニセモノだろう。ニセモノとして一級品かも知れんが、しかし、どれほどすばらしいニセモノでも、二流三流の本物には、かなわないはずだ」

『百戦百勝』

＊

(あいつは人間の屑《くず》だ。けど、屑も居なけりゃ、世の中は成り立たんでな)

『風雲に乗る』

＊

世の中には、ふやけた男がいっぱい居る。種子《たね》なし西瓜《すいか》そっくりで、どこにも種子を持合せていない人間ばかり溢《あふ》れている。

『イチかバチか』

＊

「あいつはあの程度の人間だ」と決めつけてしまうことから、多くのまちがいが生まれる。「あの程度の人間」の中にも、やはり強みや不可知のものがある。おそれる必要はないが、そうした現実から目をそらさぬ方がいい。

『打たれ強く生きる』

＊

良薬も服用を誤れば役に立たない。よく効く薬であればあるほど、百人の体に百通りちがった反応を起すため、ひとりひとりの体質をよく見きわめねばならない。

『素直な戦士たち』

＊

「人間というものはね、何か間違いを仕出かして初めて慎重に注意を払うようになるものだ。物は考えようだ。今度の間違いは、これだけの損で済んだが、このことがなかったら、もっと大きな損失をすることになったかも知れぬからね」　『鼠《ねずみ》』

＊

金銭は悪魔かも知れぬ。だが、スイス人にいわせれば、「財産のあるところに悪魔が居る。だが、財産のないところには、悪魔がふたり居る」ということになる。

『城山三郎全集／第1巻／男子の本懐』――「随筆（スイス銀行）」

ひとに必要な燃料とは

矢口は、人間の体の頑強さ精巧さを思った。ろくに給油もせず、整備点検もせず、休ませもせず、これほど高速回転し続けてなお狂いを見せない機械というものが果たしてあるだろうか。人間の体がいとおしく、また、たのもしかった。

『価格破壊』

＊

「人間にも燃料が要る。たくさん食え、うまいものを食え、おいしく食え」

『もう、きみには頼まない』

「いやいや、多忙は幸福です。多忙な人間は多望な人間、つまり、希望の多い人間ということだから」

『わしの眼は十年先が見える』

＊

ふつう、ひとは何かあてがあって生きる。全く何のあてもないのに、ただ生きるために生きるというのは、かなりつらいことだ。

『城山三郎全集／第1巻／男子の本懐』――「随筆（生と死を分けた〝一歩の距離〟）」

＊

「人間は終局を思うようなことでは仕事はできん。『道はおれが開いてやる。開けるだけ開いてやる。後の始末はしてくれよ』という考えでなければ、何事もできないよ」

『辛酸』

＊

人間には、慣れというものがある。慣れによって救われる場合もあるが、慣れによってスポイルされることの方が、はるかに多い。慣れを防ぐには、つとめて初心に返ること、自らを空《むな》しくして、事にとり組むことである。

『城山三郎全集／第1巻／男子の本懐』――「随筆（五月病を逃れて）」

＊

人間、先の先まで読めるものではない。まして、この重苦しいほど複雑な現代では。

計算はほどほどに、こうときめたら、わっとやってみる。やけっぱちに見えるかも知れないし、事実、やけっぱちなのかも知れぬ。だが、とにかく、追われるように、追うように、思い切った手を打って行く。それ以外は生き方がない。結果が吉と出ようが凶と出ようが、やらないよりはましだ――。

『イチかバチか』

浮き世の空模様

物には、日の当たる部分があれば、陰になる部分もある。

『男たちの経営』

＊

挫折《ざせつ》のない男はつまらない、という。だが、考えてみれば、挫折のない人生というものはあり得ない。挫折を知らないということがひとつの挫折でもある。その意味では、世の成功者といわれている人たちにも、人生は公平に挫折や不幸を配分しているはずである。

『城山三郎全集／第1巻／男子の本懐』――「随筆（打出小槌町《うちでのこづちちょう》の住人たち）」

当然のことだし、また、それだから面白いともいえるが、人生にはさまざまな当たり外れがある。

『この日、この空、この私』

＊

「矛盾などというのは、神代の昔から、いつでも、どの社会にでもあった」

『今日は再び来らず』

＊

晴れたり曇ったりのおだやかな日和《ひより》ばかりではなく、ときには、嵐《あらし》の日も来る。それは、相場の世界だけでなく、人生にもあることだ。その嵐に備える工夫を、相場でも、人生でも、考えておくべきではないか。

『百戦百勝』

＊

人の世はわからない。

力を貯《たくわ》えつつ待つしかないときもあるが、才気と勇気さえあれば、たしかに好機は訪れる。あとは、その機会を活《い》かすかどうか。

『彼も人の子　ナポレオン』

*

人生、不遇続きの中でもくじけることなく、何か心掛けてさえいれば、いつか、一直線に駆け抜ける日が来る。

『この日、この空、この私』

*

「ほんとに、大丈夫なんですか」

牧はそれには答えず、

「男がやりかけたことだ。行きつくところまで、行くまでさ。いまさらふり返ったりして居《お》られるか」

牧の眼《め》は、湯気に少しうるんだようになった。

「どうせ、人生、板子《いたご》一枚下は地獄だからな。この程度の地獄で、いまさらうろたえるものか」

海に出たまま帰らなくなった漁師たちを、身近に何人も見ながら、牧たちは育ってきた。人生というカードの裏側は地獄。強い風でも吹けば、たちまち人生ひっくり返って地獄になる。一々おどろいては居られない。

『男たちの好日』

＊

「うわさを消そうとやっきになっても、むだだな」

「…………」

「うわさは、否定して回れば消えるというものじゃない」

『風雲に乗る』

＊

「人生は、万事、比較で動くよ。モノが同じなら、ちょっとでも条件のよいところへ。条件が同じなら、ちょっとだけモノのよいところへ人は動いて行く。わずかでも低いところへ水が流れて行くようにね」

『成算あり』

＊

利益があると見れば、世間は指をくわえてはいない。

『風雲に乗る』

＊

あわてて流れにとびこめば、溺《おぼ》れてしまう。潮の流れを見きわめるまで、むしろ待った方がいい。

『本田宗一郎との一〇〇時間』

＊

風が強まると、花吹雪はさらに濃さを増した。

「惜しいなあ。散らしたくない」

牧が思わずつぶやくと、花野木はうなずきながらも、

「散るから、めでたいんです。伊勢物語に、わたしの好きな歌があります。『散ればこそいとど桜はめでたけれ　うき世になにか久しかるべき』と」

「なるほど。うき世になにか久しかるべき、か」

「そのとおりです。だから、たのしまなくちゃ」

「そうじゃない。だから、やるべきことは急がなくちゃいかんのだ」

花吹雪が、二人の間を白いカーテンのようにゆれて通る。

牧は、また、ため息をついた。

「しかし、きれいだなぁ」

「きれいなものって、すばらしいでしょう。人生はそのために在るんですよ。きれいなものだけ追って、一生をすごす。それが悔いのない人生だと思うんだけど」

『男たちの好日』

＊

書画骨董《こっとう》に興味のないわたしだが、わが家の座敷にも、一本、じまんになる軸が、かかっている。

「たのしさに惜しむ日影に比べては　うきに立つ日の長くもあるかな」

渋沢栄一晩年の書である。

最初、この軸を見たとき、わたしは、おや、と思った。

日本経済の父といわれた渋沢栄一の人生は、その少年時愛誦《あいしょう》した詩の一句、「雄気堂々」という言葉どおり、男らしく豪快。ひとの何倍もよく学びよく遊んだ人生で、あのにこやかな温顔に見るように、憂《う》さとか、かげりとかからは、およそ縁遠い人生に思えるからである。

その渋沢にして、なおこんな感慨があったのかと、目をみはった。

わたしは、毎夜、ひとり、一度はこの書に向い合う。渋沢のようなひとにとっても、人生とは果して何であったろうと、しばし、しゅんとした思いに浸されるのである。

『城山三郎全集／第1巻／男子の本懐』——「随筆（雄気堂々の句）」

一期一会《いちごいちえ》

井上靖さんの『一期一会』という本がありますけど、その中に、「生命《いのち》なりけり」という思いを人生の中にどれだけ持ったか……ということが肝心だと書いてある。それが、生きるということではないかと。まあ、生命なりけりという思いを、そうしみじみと味わうわけにはいかないだろうが、すこしでも持つことが、生きるということじゃないかかな。

『サラリーマンの一生』

＊

「短い人生だろう、人々とは友達になることだ。人間が他の生物とちがう所以《ゆえん》は、意志疎通《コミュニケイト》できるということだからね」

「……」

「わたしは誰に会っても、グッドモーニングということにしている。ただの挨拶《あいさつ》ではない。ほんとうにその人にとって、よい朝が来るようにとね」

『鮮やかな男』――『ファンタスチックな男』

＊

中学時代、本当に親しかった仲間とは、いまも本名で呼びすてというつき合いをしている。

先日、そうした友人であるO君から、電話がかかってきた。

わたしが新聞に書いた随筆が何か淋《さび》しそうだ。元気か。会いに行きたいが、時間がないから、電話した――というのだ。

電話ぎらいのわたしだが、この一本の電話はありがたかった。これこそ、本当の友情なのだ。O君は、がらがら声で、豪快な人物。だが、そうした思いやりを忘れない。

こうした友の居る限り、たとえこの世で少々の打撃を受けることがあろうと、打ちのめされてしまうこともあるまい。

持つべきものは真の友、とあらためて思った。

『打たれ強く生きる』

＊

慶弔積立金もいいが、それよりも、友人にまつわる思い出を互いに積み立てておきたい。

人生にあぐらをかき、安定した話などは、どうでもよい。出世した話や金もうけの話は、ときに卑《いや》しくひびく。

結果はともかく、在るべき姿を求めて、いかに悩み、いかに深く生きたか。いかにさわやかに、いかに優しく生きたか。

よい思い出のためには、よいつき合いも要るが、よいつき合いとは何なのか……。

学生時代に戻ったように、問いかけは果てしない。

『この日、この空、この私』

＊

尊敬するに足るひとを、一人でも二人でも多く持てるということ――それは、人生における何よりもの生きる力になることであろう。

『城山三郎全集／第1巻／男子の本懐』――「随筆（ある卒業式）」

＊

「おれは冠婚葬祭には、万難を排して出ることにしている。人生の大事な節目《ふしめ》だからね。敬意を払わなくちゃ」

『男たちの好日』

＊

「目標さえ突破できればいい、というかも知れませんが、しかし、その間にも、人間的に成長して行けるようでなくてはいけない。今日は再び来らず、といいますからね」

『今日は再び来らず』

＊

「人間は善悪ともに友達によってつくられるものです。とりわけ、金持の子は悪友に誘われやすく、悪友に染まりやすい」

『わしの眼は十年先が見える』

「青春とは、たのしむためのものじゃない。青春は鍛えるためのものなんだ」

『価格破壊』

＊

教師は、生徒の友達であることにあまんじてはならない。なによりも、尊敬に値するひとになるべきである。

『城山三郎全集／第1巻／男子の本懐』――「随筆（ある卒業式）」

＊

人生のバランス・シート

「いえ、まだ負けてはいません。全部が終わっていないからです。勝負は最後になって、全部その収支をソロバンにおさめてみなければ、わからんのですよ」

『百戦百勝』

＊

やぼだと思いながら、老田は問いかけた。

「あなたでも、失敗したのですか」

桐山は、はじめて声を立てて笑った。

「当たり前です。これまで、どれだけ失敗してきたことか」

「……」

「失敗はしようがありません。というより、失敗の数を重ねた者ほど成功するんじゃありませんか。失敗をおそれる人、失敗にくじける人が、本当の失敗者ですよ」

『成算あり』

＊

一人で走りに走った。そのことだけは、たしかな人生。

何も残らなくても、仕様がない。走りに走った。それで十分に生きたという手応《てごた》えだけはある。

よくここまで走り続けたと、そのことを我が身の慰めとする他はない。

『気張る男』

＊

「動いているもの、流れているものは、くさらない。くさるより早く流れてしまう。人生だって、絶えず流れて走っていなくちゃ」

『価格破壊』

＊

人生は勝負である。勝てばよい。カタのついてしまったことを、どうこういってもはじまらない。それより次の勝負に勝つことに、全力を注ぐべきだ。

『学・経・年・不問』

＊

運とは何だろうと、白沢は思う。「運」という字は「運ぶ」から来ている。つまり、運とは自分で運んで来るものだと、ある高名の女易者がラジオで言った。そうか、運ぶものなのか。

『硫黄島《いおうじま》に死す』――『基地はるかなり』

＊

「百倍の夢を持とう。それで実現するのが、十倍ぐらいだ」

『外食王の飢え』

＊

物事は決めて押し切ってしまえば、やがてそれなりにまかり通ってしまう。

『イースト・リバーの蟹《かに》』

＊

㊤紋をかかげ、兵船《へいせん》の群は懐《なつか》しい瀬戸内の海を南へと進んだ。大崎上島《かみじま》と大三島《おおみしま》の間を抜け、斎灘《いっきなだ》へ。そこから東へ向かえば、宮窪《みやくぼ》瀬戸を経て能島《のしま》へ出る。南へ下れば、来島《くるしま》がある。七十五年の人生を刻んだ海や島がある。

（村上）武吉《たけよし》は満足であった。胸いっぱいに汐風《しおかぜ》を吸った。九地《きゅうち》に隠れても生きながらえていて、よかった。老いの果てに、こうした日を迎えられようとは。

武吉は声に出したかった。

目を上げれば海
運に任せて自在の海
ああ、人の世は海

『秀吉と武吉』

第二章　会社のメカニズム

経営トップの心得

アメリカの経営学で、専門的な仕事のことをテクニカル・スキルと言うんだって。昔は、そのテクニカル・スキルだけでも親玉になれた。発明社長といって、発明だけやって社長になった人もいるからね。しかしいまは、それプラス、コンセプショナル・スキル、つまり発明なら発明を包括する学問全体の領域みたいなもの。それと、ヒューマン・スキル、人間学ですね。この三つがあって、はじめて経営を引っ張っていく資格があると言っているそうです。

『サラリーマンの一生』

＊

「部長として有能だった男が、重役としては無能だということが、往々あります。

そのときに、思いきりよく解任するのが、トップの勇気というものです。不適任なままに高給を与えて重役に据えておいたのでは、会社に損失を及ぼすことになりますからね。それに、上へ来れば来るほど信賞必罰をきびしくするというのが、トップの心得だとも思うのですよ」

『役員室午後三時』

＊

「仏心では経営はできない。阿修羅《あしゅら》の心にならなくては」

『役員室午後三時』

＊

松下だって一時苦しいときがありましたからね。幸之助さんが昔、戦後の話をしてくれてね、「ほんまに地獄やったでえ」と言うんですね。しかし一度でも苦境にたった会社は、それを教訓にして、松下銀行とかトヨタ銀行とか、銀行みたいに資金を持ってる。経営者っていうのは、必ず「ほんまに地獄やったでえ」っていうようなことを、生涯に何度か繰り返しておくといいような気がしますね。

『失われた志』

＊

「頭取の仕事は人事と経理。あとは面倒な会社の処理だ」

と、中山（素平《そへい》。もと経済同友会代表幹事）は言う。「ふつうの仕事は何もする必要はない」と言い切るほど、人事と経理、その二つを重視する。

自身、経理課からスタートしたというせいもあるが、「俺は算盤《そろばん》は苦手だ」とか、「労働法規がよくわからぬ」と組合問題を避けたがるような者にトップの資格はない、と。

どこにいても経理がわかるようでなければならぬし、細かく労働法規を知らなくとも、健全な常識があれば、十分に組合に対処できるはず、という考え方。

『運を天に任すなんて』

＊

伊藤（俊雄。もと新明和工業の社長）は、「経営は勇気である」という信念で押し通してきたが、さらにまた、

「自分は、いつも勝つケンカをしてきた。相手を、たとえば経理なら経理という自分の場にひきずりこむことで、勝つケンカ以外のケンカをしなかった」と言う。

『零《ゼロ》からの栄光』

＊

このごろの経営者には多くの会社の役員を兼ねる人が少なくない。資金関係、系列関係などで余儀ない場合もあるであろう。その人の名を貸すことで、十分その会社の利益に貢献しているから、それに見合う報酬をもらうのも当然という見方もある。

にも拘《かかわ》らず、部外者として見ると、やはり奇異な感じがする。将軍は兼務しないもの。関東軍司令官が、傘下《さんか》師団長と国境守備隊長を兼ね、それらの給料も合わせて受け取っているなどという事態は、想像することも出来ない。

『猛烈社員を排す』

＊

社長には社長としての姿がある。退くことも、あるいは後任の選び方にしても、あるべき決断があると思いますね。

社長は次の社長を選ぶとき、これから先の五年なら五年、誰に任せたら社は安泰かという基準で決めるべきでしょう。でも、日本の場合は、社長になったらもうオールマイティーで、自分が法律だという感じになる人が多いんですね。だから、次の社長にも、有能でもないかつての部下を選ぶとか、あるいは、候補にも挙がってない若い人を抜擢《ばってき》する。そうすると、その人はものすごく自分を徳としてくれて、操縦しやすいからね。

『失われた志』

＊

塩野七生《ななみ》さんのベネチアの話を読むと、ベネチアは商人国家だが、政治家になって権力を持った人は、そのポストについていた期間、次には休まなくちゃいけないと定められていたそうです。これなんかは、一つのチェックシステムだと思うんです。こうしたチェック機能があったから、商人国家が続いた。日本の社長は、自分の任期を自分で延ばしちゃう人もいますから。けじめをつけない社長は、何かあったら、ほかの役員以上に重いペナルティーをかけてもいいですね。『失われた志』

＊

企業批判がはげしくなり、「社長受難時代」などと、ささやかれている。

だが、管理職のポストが上がるにつれ、責任や苦労が倍加するのは当然のことで、その結果、社長職は苦痛の極みに在る座という一面を持つことになる。それが本来の姿である。高度成長のおかげで、社員のだれもが部課長への昇進を期待し、社長を夢見たり羨望《せんぼう》したりした時代の方が、むしろ異常というべきであろう。倍増して行く苦しみに耐えてまで、なおピラミッドを上がるべきかどうか、常に心に問いかける時代こそ、正常なのである。『ビジネス・エリートの条件』

＊

「大株主、つまり出資してくれた会社筋は、慈善事業をやるために金を出したんじゃない。事業会社には、遊ばせる金や棄《す》てる金はない。そんなことをしている会社は、いつか潰《つぶ》れてしまう」

「……」
「資本を出したら出しただけの利益がはいって来なければ困る。その点については、きわめて厳格であり敏感なのだ。なし崩しに資本を食いつぶされてはたまらないと、眼をみはっている」
「……」
「資本の利益を代表するために送りこんだ者でも、役に立たないとあれば、もっと役に立ちそうな者に遠慮なく取り替える。資本とは、そういうきびしいものだよ」

『風雲に乗る』

＊

経営者の世界に休みはない。豺狼《さいろう》は食い合い、一瞬の隙《すき》も油断も許されない。

『役員室午後三時』

＊

〈人生も事業も、長丁場だ。焦《あせ》って攻めこまんことだ〉

『男たちの好日』

＊

「社長と副社長との間には、山の頂と麓《ふもと》ほどのちがいがあるそうね。何がそんなにちがうのかしら」

『イースト・リバーの蟹《かに》』

＊

創業者に劣らず、再建社長もまた中興の祖として権威を持ちやすい。このため、ふたたび会社を危くした例を、わたしたちは身近に知っている。

『打たれ強く生きる』

＊

会社に対する忠誠心と社長に対する忠誠心とは違って然《しか》るべきですよね。

『歴史にみる実力者の条件』

＊

バブルがはじけるまで、企業の多くは、社員を仕事の能力や、仕事に対する姿勢で、純粋に評価しようとするより、まず学歴や派閥、社内外のそつのない人間関係に目をやった。逆に乱反射する人間は煙たがられた。どれだけ仕事ができるかではなくて、どれだけ人間関係が上手《じょうず》か、ということで評価が決まる。そういう意味で「乱反射」する社員が見当たらなくなってしまった。

たしかに「乱反射」は「反乱者」になる可能性もある。けれども、それはTPOの問題だ。反乱を恐れ、言葉だけのイエスマンで身の回りを固めているだけでは、とても有能な経営者とは、いいがたい。『嵐《あらし》の中の生きがい』

清新な風

変革は人事にはじまり、人事に終る。新しい風を導き入れ、古い風を一掃しよう。

『男たちの経営』

＊

「新しいものには、きまって抵抗があるものですよ」

『重役養成計画』

＊

組織というものは自己疲弊していくものです。終戦後、水上《みずかみ》達三さんが第一物産の経営に携わっていたころ、まだ創成期なのに「一番大事なことは、いい人を採ることだ」と言った。つまり、発展より中身の充実を考える方針をとったわけです。バブル以前の日本では、人間の採り方がかなりイージーで済んでいたでしょう。人を選ぶというより、あの学校をでた人を採らなくちゃいかんと、ごちそうしてまで採った。今からでは遅いかもしれないけれども、やっぱり水上さんの言ったように、人を選んで採ることが大事ですね。

例えば入社試験で、「会社が十年後に新しい事業を始めると仮定する。そのとき、あなたがトップだったらどうするか」というような筆記試験をやったらどうですかね。その会社のことをよく調べていないと対応できない。あるいは「親を見て、人生の教師としてどういうことを見たか。また、人生の反面教師として何を見たか」というようなテーマでもいい。そうすれば、ある程度人が選べると思う。

『失われた志』

＊

新入社員教育ということで、ほやほやのサラリーマンたちが、もっともらしい顔つきでぶきっちょな座禅を組まされている写真を見かけた。

わたしには、それが喜劇に見えた。いったい、この人たちは何を考えているのだろう。きのうまでの学園生活での楽しい思い出か、それともボーナスの皮算用か。いずれにせよ、ごく個人的な想念にとらわれているにちがいない。会社のことを考えろといっても、会社のことは、まだ何一つわかっていないのだから。会社は実質的にプラスになることを考えさせるためには、中堅以上の社員にすわらせた方がいい。

もっとも、座禅はそれまでの雑念を払い、白紙の心になれというのかもしれない。とすると、気に入って採用したうえで、心を洗って出直せとは、どういうことなのか。

新入者たちは、純粋な心を持ってはいってきている。洗うべき何物も持たない。それを洗えとは、ナンセンスである。『わたしの情報日記』

＊

数社の新入社員に集まってもらって、

「入社式の社長のあいさつで、どんなことをおぼえているか」

ときいたことがある。答はそろって、

「何をいったかな」「何だかきまりきったことだった」

社長はおそらく秘書のつくった文章を口にしただけ。そのため、若者の記憶に残らぬものになったのであろう。

大切な戦友、大事な戦力が加わってくれたのである。はじめてのふれ合いを心のこもったものにできなかったのは、惜しい。

『打たれ強く生きる』

＊

「社風を変えるには、人を変えなくてはならぬ。若い時代は若い人材に——」

『男たちの経営』

＊

ある大手企業の社長はいった。

「これからは、企業の課題を一〇〇パーセント遂行する社員よりも、課題そのものを考え出してくれる社員を十人中七人持たないと、会社は危なくなる」

『勇者は語らず』

人づかいの妙味

父や兄が酒のため体をこわしたのを見てきたため、（毛利）元就《もとなり》は酒をたしなまなかった。

だが、いつも、酒と餅《もち》の両方を用意しておいて、家臣と会った。

自分が酒をのまぬからといって、餅ばかり出しはしない。酒好きの者には酒を、餅好きには餅をと、相手の立場に立ってもてなしてやる。

そうすれば、家臣は気分よくして、親しんでくれ、本音を話してくれる。

人間の心というものを、よく知っていた元就である。


『嵐の中の生きがい』

＊

「人間は、どこか見どころがあるはず。それを見て使うのが、上役の役目だ」

『男たちの経営』

＊

「江藤（新平）さんは、ひとに接すると、長所を見るのは後廻しにして、何よりも先にそのひとの邪悪な点を看破しようとされます」

「それなら、司法卿《きよう》は適任でないか」

「そうは思いません。ひとはそのすべてを見てやるべきで、欠点だけを見るのは、残忍に過ぎるというものです。残忍に過ぎれば、きっと、あやまちを起します。それが司法卿という権威でなされると、なおさら、とり返しつかぬことになります」

『雄気堂々　下巻』

＊

「堅実」の敵は、情実主義である。情実に負けて「堅実」をみだすことは、真先に排斥されねばならない。

『野性的人間の経済史』

＊

「わたしはむしろ人材を育てるには、じっくり時間をかけることだと思います。目を外へ向けるというのではなく、内へ向けるということです。たとえば、派手に優勝盃《はい》をとる男だけでなく、地味に事務をしている人間というものも、もっと評価しなくてはいけないし、それに、スカウトした人間について、あまり早く結論を出すのも、考えものです」

『外食王の飢え』

＊

井上（準之助）は（日銀）総裁の椅子《いす》にじっと坐《すわ》っていることは、稀《まれ》であった。絶えず人に会う。電話をかける。立ったまま書類を見る。立ったまま筆をとって、巻紙に手紙を書く。

秘書などの使い方もはげしかった。文字どおり目の回るほど使った。

「これはという男に対しては、きびしいのだ」と、井上はいった。

井上に向かうとき、秘書は全神経を集中しなくてはいけない。井上は一度いったことは、くり返さなかった。

「え、何でしょうか」

と訊《き》き直すと、井上は横を向いたまま、

「ワンシング・ワンス」

「はあ?」

「ワンシング・ワンス」

と、とりつくしまもない。

“One thing, once.”――いかにも井上好みの言葉で、井上はよく口にした。

〈二度といわせるな〉という意味であろうが、井上の口から出ると、その短い文句には、

〈男というものは、一回一回が勝負だ。集中してやれんのか〉『男子の本懐』

といったひびきが、こもっていた。

＊

部下に対して井上は、ものははっきり言え、姿勢は正しくせよ、とやかましかっ

た。

「言葉尻《じり》をはっきりしなければ、相手方に通じないじゃないか。それから、ものをいうとき、うつむいてはいかぬ。おれの顔を見、おれの目玉を見てものをいえ。そうすれば、自分のいわんと欲するところが十分いえる。だいたい人に向かってものをいうのに、うつむいてものをいうことは卑怯《ひきょう》千万である」

『男子の本懐』

＊

御木本幸吉《みきもと》がいっているのは、つまらん意見の出せないやつに、いい意見は出せないということです。そうだと思うよ。読書を考えても、やっぱりつまらん本を読むやつじゃないと、いい本は読めないと思う。いい本だけ読めるわけない。

『人間を読む旅』

＊

人を引き抜かれるのは辛《つら》い。だが、裏切る可能性のある人間を残しておくより、やる気のある者のやる気を、さらに発揮させた方がいい。

『価格破壊』

力のある腹心には、むしろ変節のこわさがある。

『役員室午後三時』

＊

「夢を持たぬ男、背伸びのできぬ男は、縁がない。やめる者はやめろ」

『外食王の飢え』

＊

説得が効かなければ、事実の鞭《むち》で眼をさまさせる他はない。

『鼠《ねずみ》』

＊

「去る者は去ればいい。ついて来れる者だけが、ついて来れば」

『価格破壊』

リーダーの資質

戦争中に、『将軍と参謀と兵』という映画があった。いま、その筋書きはよくおぼえていない。将軍も参謀も兵も、立場はちがっても渾然《こんぜん》一体となって、勝利のために前進するというようなテーマであったろう。

将軍には将軍の使命があり、参謀には参謀の仕事があり、そして兵には兵の——。しかし、真の将軍というものは、兵士以上に兵士のことを知り、まず兵士のために憂《うれ》える人でなくてはならぬ。兵士に先んじて憂え、その楽しみは兵士より後にすべきである。

古来、名将と言われる多くが、そうであった。そして、最低の将軍が「絶対安全」だけに閉じこもり、高みの見物に終始する。兵士より先んじて楽しみ、危うしと見れば、兵士より早く遁走《とんそう》する。

ビルマ戦線で無数の兵士を置きざりにして飛行機で逃亡した将軍や参謀をはじめ、帝国陸海軍も残念ながら、そうした将星に事欠かなかった。また銃後でも、ある有名な私立大学総長は、学徒出陣の学生たちを前に、「諸君たちは、焼けたトタン屋根の上の猫だ」と、叱咤《しった》した。兵士の憂いなぞは何処《どこ》吹く風といった高みの見物であった。

高みの見物をきめこむ将軍ほど、不愉快なものはない。『猛烈社員を排す』

＊

指導者の条件は不評に耐えるということと、命を賭《か》けるということでしょうね。そういうものはどうも戦後の指導者には欠けているようで、不評のことは一切しないし、命も賭けないタイプが多い。『ビジネス・エリートの条件』

＊

「商売は戦争だ。部下を死地に赴かせて、おれだけおめおめ生きのびはしない」

『男たちの経営』

『本田宗一郎《そういちろう》との一〇〇時間』

＊

指揮官は決してひるんではならない。

＊

才能があり、実績もあり、人当りもいいのに、部下に人気のない人がある。「あの人を担《かつ》ぐ気にならない」と。

訊いてみると、その人は「おれが」、「おれが……」というタイプなのだ。口に出さなくとも、つい態度に出る。わるい人ではないのだが、部下としては「勝手にしろ」といいたくなるらしい。

「裸にて生まれてきたに、なに不足」と、毎日、念仏のように唱えてみても、だめなのだろうか。

『打たれ強く生きる』

＊

「陣頭指揮も結構だが、司令官が将校斥候の報告を信用せず、一々斥候に出かけていたら、戦争はどうなるんだね。司令官には司令官として、なすべきことと、してはならぬことがある。あることをしないということで、かえって一つの役割を果たしているんだ」

『黄金峡』

＊

「わたしは危険に囲まれている。それに、いまはわたしだけの命ではない。わたしの運命は国家の運命なんだから、できる限りの注意を払ってくれ」

『彼も人の子　ナポレオン』

＊

たしかに、どんなに仕事ができ、才能があっても、上にもってくると、どうもうまくないという人はいます。人を支配させてはならない人物ですかね。

『サラリーマンの一生』

これは僕の持論になるんですけども、僕が魅力を感じるリーダーというか人間は、常にあるべき姿を求めていることが一つ。それから、生き生きしているということ。それは教養とか文化に対する関心だけじゃなくて、人間に対する関心、好奇心を失わないことですね。三つ目が卑《いや》しくないということ。

『失われた志』

＊

ナポレオンははげしく怒りはしたが、怒りをいつまでも持ち越すということはなかった。敗戦や失敗などの責任追及も、どちらかといえば甘い。気にもしないで敗者復活のチャンスを与え、そのため手痛い目に遭ったりする。子供のような甘い見方を批判されたりもするが、過去に恋々としていたのでは、今に集中することができなくなる。

『彼も人の子 ナポレオン』

＊

いかに組織の中の個人が努力しても、リーダーが悪ければ方向を間違えたり、おかしなリーダーだったら、そこにいる個人全体が救われなくなる。だからやっぱりリーダーというのは、よほどしっかりした人で、よほど魅力的でなくちゃ困る。組織に属する個人全体を生かすために、あるべきリーダーの姿を鮮明にしておくことが、組織に属する人たちにとっての幸せでもあるんでね。

『失われた志』

＊

どういう理由があろうと、人目のあるところで、課長が他の課長を殴るなどという会社があれば、取引き先や出入りの人たちの不信を買うだけでなく、会社の空気がおかしいということになり、その会社はまちがいなく倒産することになるであろう。

『指揮官たちの特攻』

＊

大きい器かどうかということは、有能なブレーンをどれだけ持ったかということでしょうね。

『歴史にみる実力者の条件』

わたしは、会社づとめの経験がない。組織の中で働くのには、およそ不向きな人間であることを、自分自身、よく承知しているからである。

たとえば、わたしは、ひとの名前や顔をおぼえることが、まるで、できない。大学教師時代、卒論指導をしている生徒の名さえおぼえることができなくて、冷汗をかいた。

教師の中には、実によく学生の名前をおぼえるひとが居る。入学前に、写真であらかじめおぼえておき、初対面の学生を、いきなり名前で呼んでおどろかせる——という教師も、一人や二人ではない。そうした教師は、誠実であり、人なつっこく、学生ひとりひとりについて、その生い立ち、家庭、趣味に至るまで、実によく理解してやる。当然のことながら、幅広く学生たちに慕われ、また、いつまでも慕われる。教師に限らず、組織の上に立つには、まず、この心がけがなければ、と痛感したものである。『わたしの情報日記』

＊

プロの本領

（もと巨人監督の）長島語録によれば、プロとは表現力であり、「いかにエレガント、いかにダイナミックにお見せするか」であり、「お遊び」のできることである。

もちろん、正々堂々、きれいに戦うことが前提にある、が。

だが、そのことと、勝つことと矛盾しないであろうか。きれいに戦って負けるより、汚く戦っても勝つことが、プロではないのか。『屈託なく生きる』

＊

（毛利）元就の生涯の二百二十六回の戦は、大志（天下平定）のために起したのではなく、足もとを固め、ひろげて行く過程の中で仕掛けたり仕掛けられたりした戦いであった。

ただ、他の武将たちとのちがいは、その戦いを終生ひとつひとつていねいに戦った、ということ。

元就は謀略家として抜群だが、まず戦う前に十二分に調査し、準備し、敵の攪乱《かくらん》をはかる。敵の何倍か考え、何倍か手を打つ。

元就にも敗戦があり、自分の鎧兜《よろいかぶと》を部下に着せ身代りにして、ようやく命びろいするようなこともあったが、それは大内方《おおうちがた》に属し、自分の作戦が受け入れられないままに巻きこまれた戦いのときであった。

わたしなら、こんな風にいってみたい。

「きみはりっぱかも知れぬが、ベテランの選手たちから学ぶべきことがいくつもあるだろう。プロである以上、少しでも学ぼうとすべきだし、学ぶ以上は、学ぶべき相手に敬意を表すべきである。やはりベテランには中央に坐《すわ》ってもらうべきではないかね」

あるいは、次のようにもいってみる。

「若いスターのきみがプロとして今後大成する上で、いちばんの敵は、気分のおごりだ。おごりをすて、いつも初心を失わぬよう、つとめなくてはならないのに、そんない い席に腰を落ち着けたのでは、大事な初心が消えてしまうことにならないかね」

それで納得してくれなければ、無縁無用の若者と思う他はない。

『嵐《あらし》の中の生きがい』

＊

「大人が一年間ムキになってやれば、たいていのことは、りっぱな専門家になれます」

『打たれ強く生きる』

＊

「あれは苦労人だ。砲煙弾雨の中を何度もくぐって来たし、あれの家庭はいまだに砲煙弾雨が飛び交っている。人の二倍も三倍も苦労してきた男だ。兵隊の苦労も知っているし、将校の苦労も知っている。苦労した男の長短も、苦労しない男の長短も、弁《わきま》えている。とにかく、一生、人間との折衝で終った男だからね」

『重役養成計画』

＊

「ある計画書を作成させたところ、実にりっぱなものを書いてきたのはいいが、運用上、あちこちに当たりさわりがあるし、表現も穏当でない。いろいろ意見をいったのだが、理路整然と反駁《はんばく》してきて、がんとして引きさがらない。いってることは正しいし、理屈ではとても、こちらがかなわない……」

と、頭を抱える保険会社のミドルが居た。そのミドルは、一呼吸おいて、つけ加えた。

「もっとも、その男の履歴を見ると、有名高校から有名大学へと、エリート・コースばかりストレイトで、突っ走ってきていましてね」

模範解答を提出して、どうだといわんばかりに、自信に溢《あふ》れたその若い社員の姿が、わたしには目に見える気がした。

模範解答は、それはそれでいい。だが、それを現実化するためには、あちこち折ったり曲げたりしなければならぬことも、事実である。それが実社会というものである。

模範解答を出して終わり、というわけには行かない。ただ正しくて立派であればいい、というようなものではない。

『わたしの情報日記』

＊

問題提起をするということは、自分が経営者になったつもりで組織を見る……ということでしょう。つまり、組織の歯車としてじゃなく、大所高所に立った大きな視野でものを考えなければならない。で、つねにそういう見方をしているなら、当然、企業内での生き方、考え方にも変化がでてきますよね。

『サラリーマンの一生』

＊

（金子）直吉の心の中に、いつも、ひとり狼《おおかみ》への郷愁があった。ひとり狼になり切れるときにのみ、直吉は生甲斐《いきがい》を感じた。狼は押さえられることを好まない。自らの力だけを善しとする。他人との協調を求めない。競争者に対しては、辛辣《しんらつ》である。

『鼠《ねずみ》』

「やる気さえあれば、方便はあとからついてくる」

『男たちの好日』

＊

「きみたちも知っているように、スタッフという言葉は、ストックつまり杖《つえ》という語源から来たものだ。ということは、会社にとって、きみたちスタッフは今後、杖とも柱ともたのむ存在だということだ。それなりに、スペア的な消耗品とは別扱いにしなくてはならぬ」

『重役養成計画』

＊

専門職ひとすじで生きてきた男が、もしその専門に自信を失ったら、何が残るというのか。

＊

まかりまちがっても、自信を失うことのないよう、自分も自分のまわりも固めておく。それも専門職の工夫のひとつなのだ。

『打たれ強く生きる』

人間関係の機微

よくサラリーマンは、上役にたいしてどういう関係にあるか、いい上役に恵まれたとか恵まれないとか、いい派閥に入ったとか、そんなことがすぐ話題になるけれども、ほんとうに自分が惚《ほ》れ込んで、この人となら一緒に死んでもいいと……。そういう人がいたら、その派閥に飛び込んでも、僕はすこしも恥ずかしくないと思う。要するに、個人の問題ですしね、この人が非常に好きでとか、尊敬のあまりということなら、絶対、賛成するな。また、それくらい惚れ込める上司を、一人も見いだせなかったというのでは、かえって寂しいだろうし、僕ら第三者が見ても、そういう人には魅力を感じませんよね。

『サラリーマンの一生』

＊

通勤苦ひとつとってみても、組織の中で生きるとは、たいへんなことである。ときには、やりたくない仕事をやらされ、好きな仕事には就けぬ。顔も見たくない上司に仕え、蹴飛《けと》ばしたい思いのする部下にも耐えねばならぬ。

『この日、この空、この私』

＊

「向う傷はいくら受けても、それは人間の勲章になって行く。人間関係もしかり、正面からぶつかって行く。そうしてこそ、りっぱな人間が形成されて行くんだ」

『ビッグボーイの生涯』

＊

一流官庁や会社に、若い自殺者がよく出る。
エリート・コースを突っ走ってきた男は、とかく自分を完全と思い、また、完全な仕事を自らに期待する。いつも「完全」という尺度がついて回る。

完全でない周囲の人間にいらいらし、同時に、そうした人間に教えられたり助けられたりすることを、いさぎよしとしない。すべてを自分の力で完全にやり遂げようとする。

その結果、うまく行かないと、完全主義者であるだけに、落胆や自責の念に責められる。

「おれも不完全な男だ。教えてくれ」といえば、すむものなのに、みすみす自分を苦しめ滅ぼしてしまう。

「最善を得ざれば次善。次善を得ざれば、その次善を」とは、徳富蘇峰《とくとみそほう》の大久保利通《としみち》評だが、焦《あせ》らず、辛抱して、じっくり立ち向かって行くことだ。いい意味で、鈍であること。そして、ある程度、楽天的であること。

派閥や人間関係についても、鈍であること。つまり、あまり気にしないことだ。

もっとも、人間としてこの人に殉じてよいという上役にでも出会った場合は別。このときは、人生意気に感じて生きることだ。その結果、出世しようが、左遷《させん》されようが、よき一人の知己を得たという大きな人生の満足が残るからである。

『わたしの情報日記』

＊

人間関係の財産を大切にすること。こういうことは、サラリーマンとしてというより、人間として成長するために、絶対に不可欠ですね。

『サラリーマンの一生』

＊

昔からいろんな犯罪はあったと思う、企業犯罪というのはね。本当はもっとスケールの大きなものがあったかもしれない。だけど戦後、つい数年前ぐらいまでは、一部を除いてあんまり表に出てこなかったよね。なぜかというと、とんでもない悪いことをする人間は、どの社会でもどんな職業でもいるが、そういう人間でさえとんでもないことをしないで済む「企業社会」が日本にはあったからです。例えば終身雇用。おとなしく働いてれば何とかなった。でも、そういう制度が壊れてくると、当然とんでもない人間の体内の菌が急に活性化する。

『失われた志』

＊

「人と話すときには、相手の眼を見て話せ」と言われるが、電話にはその機能がない。このため、テレビを見ながら、きょろきょろしながら、手を動かしながら、話すことができ、それだけに心がこもらなくなり、心が通わなくなる。

「花王」の中興の祖といわれる丸田芳郎氏は、社長時代、新入社員に対する形式的な社長挨拶《あいさつ》の代わりに、時間をかけて、先輩としての忠告をじっくり話すことにしていた。

その中で、二つのことを訴えた。

一つは、会社の仕事とは別に、何か研究なり勉強を生涯持ち続けるようにすること。

いま一つは、「電話で済まさず、必ず手紙を書くようにすること」であった。

「電話は、うわのそらでも掛けられるが、手紙は相手の人のことを思い浮かべないと書けない」

というのが、その理由であった。

人と人とのつながりは、それほどまで大事にしなくてはならぬ、と。

『この日、この空、この私』

＊

「人間すべてが悪いわけじゃない。どんな男にもいいところがあるもんだよ」

『賢人たちの世』

＊

会社の仕事で得るノウハウは、応用範囲がそれほど広くないし、陳腐化もする。もっと広い勉強というか、知的関心を深める努力も必要でしょうね。もう一つは、その人が持っている人間関係ですね。広く深い人間関係というのは、直接間接に役立つことも多いし、その人自身の幅を広げることにもなる。日頃、いかに広く深く人間的なかかわりをしているかということも大事です。

『ビジネス・エリートの条件』

出世の階段

資本主義社会がここまで高度化してくると、わたしたちは、この確立された社会の中で、まったく身動きのとれない一つの歯車になったような気がする。個人の力がどうあろうと、経済社会の秩序は巌《いわお》のように安定していてゆるがないように見える。サラリーマンは鼻先をつき合わせるようにして、気の遠くなりそうなピラミッドの階段を、一段ずつのぼって行くばかりである。いつかは、課長、部長、そして重役の椅子《いす》にたどりつくことを夢みて。いや、個人の能力の限界というものをあまりに早く知りすぎて、そうした夢さえ持たず、日常性の中に埋没してしまっている人も多いであろう。

『乗取り』

＊

どこの会社に入っても、最初の十年間は下積みですよ。銀行なんかでも、窓口でお札を勘定して、マッチ持って「こんにちは、なんとか銀行ですが」なんて言いながら、一軒一軒回って歩く。その繰り返しだからね。

そのとき、おれはいったいなんのために勉強したんだ、って、誰だって迷っちゃう。迷うだろうけど、どういう世界でも、最初から責任ある仕事につかせてくれるわけがないんだ。

いまの若い人は、わりあい簡単にやめるっていうんだけど、最低三年、できれば十年勤めて、そこではじめて、自分と会社の関係を点検してみること。十年サイクルで自分の人生を振り返るという、そういうことが大切だと思うんです。

『サラリーマンの一生』

＊

今までの「右肩上がり」の時代では、実力や実績があるとかないとか、人間がどうだとかいうことを問わないで、誰がやっても同じという雰囲気があった。そうすると出世していく人は、コネがあるとか毛並みがいいとか、いい学校を出ているとか、人づきあいがうまいとか、そういう人ばかりが役員になる。本当に実力がある人、ほんとうに人物ができている人間は、みんな置いてけぼりにされてきた。だけど、「右肩上がり」が止まると、むしろその逆になっていってる。今まで置いてけぼりにされてきた人にとって、チャンスの時代が来ている。変化の時代には、「あの人間が来るなら信用して取引しよう」という、「あの人間なら」という人格がものを言ってくる。「あの人間」になるチャンスだと思いますね。

もう一つは、社外に通用する人間にならなくちゃいかんですね。「あの人間なら」というのは、ある意味では会社の枠を超えているわけです。そういう意味で、ある程度社外に人脈を持たないといけない。幅広くは必要ないが、本当に支えになってくれる友人が社外にいる、そういう生き方が大事になる。『失われた志』

*

ある意味では出世することが決して幸せなことじゃないということが、わかってきているわけです。出世すると大変だとなれば、それを覚悟して進む人間と、オレはオレで自分の人生を究めるとか、あるいは自分で何かを究めていって、その結果が役員であれば役員になってもいい、というようにいろいろなタイプに分かれていく。今までのように、漫然とゴマをすったり、人間関係をうまくやってトップになろうという人は、みんな消えちゃうと思います。そんな人が上に立っても、逃げることしか考えませんからね。

『失われた志』

＊

「出世でこり固まった男もおもしろくないが、出世をすっかりあきらめた男も魅力はない、といいますね」

『素直な戦士たち』

＊

「同期だからこそ問題だよ。これから先、重役を争い、社長の椅子を争うのに、同期入社のやつはなにより眼ざわりなのだ」

『危険な椅子』

出世するしないは、かなり運によると思うよ。上昇志向の人達にとっては、それがわからないんですよ。

『人間を読む旅』

＊

「本社の課長という椅子――おれはそれに飛びついた。入社以来十七年、待ちに待った椅子だからね。仕事の内容などどうでもよかった。ただ椅子がほしかった。ダボハゼのようなものだったな。出された餌《えさ》には、なんでも飛びつく」

「でも、サラリーマンはだれでもそうなんでしょ」

「しかし、理想としては、そうであってはいけないね。いくらサラリーマンとは言っても、サラリーもポストもおまけのようなもの。仕事あってのことだからね。仕事が問題なのだ。サラリーマンというよりビジネスマンというべきだ。その意味では、椅子にとびついてはいけないんだ。まず、仕事にとびつくべきだった。あのとき、おれの心理は逆だった。どんな仕事であろうとかまやしない。課長でさえあればという気持だった。ほんとにダボハゼそっくりだったわけだ」

『危険な椅子』

＊

「出世を願っても空《むな》しいということになれば、生活にたのしみをみつける他はない。家庭に戻った後で、はじめて自分をとり戻す」

『小説日本銀行』

＊

出世なんて、つまらない。少くとも、目先の出世は、誰が先に課長になろうと部長になろうと、知ったことではない。少くとも、それを天下の一大事と考える人間にはなりたくない。

問題は、誰にもいや応なくやって来る停年後のことだ。そのとき人間として満ち足りた状態にあるかどうか。そこで勝負しよう。それまで一流会社の部長といばっていた者も、(停年時の)名刺には、どんな肩書がついていることか。重役になっておれば、一応、停年から外れるが、だからといって幸福と限るまい。前には社長のポストへの衆目にさらされての激烈な争いがあり、後には孤独がある。

『学・経・年・不問』

会社員の知恵

日本のサラリーマン、ビジネスマンはずっと好況の中で生きてきた。とくに戦後の繁栄を支えてきた、終身雇用制という日本式経営法にとっぷりとつかってきたサラリーマンにしてみれば、不況だ、不景気だ、賃金カットだ人員削減といわれれば、あわてふためくのも無理からぬところだろうが、いま問題なのは、不況や不景気そのものではなく、仕事や会社に対する尺度、見方を自分の中ではっきりとらえておくことである。

老子に、こんなことばがある。

『社会の中のひと駒《こま》である自分は、いつも、あちこち突きとばされて、前のめりに走っているけど、そんな自分の中には、もっと違う自分があるんだと、知って欲しいんだ――』

老子の社会ということばを会社に置き換えてみれば、こう読める。すなわち会社がすべてと思うと、落ちこみかたも激しいけれども、ただ会社に動かされているだけのおれじゃない、あちこちに突き飛ばされない、もう一つの自分があると思えば、そう神経質にならなくてもいい――。

人間は二千五百年前もいまも全く同じことをやっていた。だから、二千五百年前の老子の知恵がいまに生きるのである。

老子を読むと、不況、不景気なんて長い歴史の中では当たり前のことで、どうということはないという気持ちになる。『嵐《あらし》の中の生きがい』

＊

友人たちが会社づとめをはじめて間もないころ、その一人が腹を立てていった。
「上役には、一〇のことを一二ぐらい説明しないと、わかってくれない。そのくせ上役は一〇のことを二か三しかいわない」

不平等である。たしかに腹の立つことかも知れない。

だが、世の中とは、本来そうしたものではないか。こうした友人たちも、三十年経《た》ったいまでは、きっと一〇のことを二か三しか説明していないのだ。

『打たれ強く生きる』

＊

サラリーマンの勝負どきは、上役から質問を出されたとき、いつでも明確な答えが出せるよう、常日頃、勉強しておくこと。その上で、「おまえ、やれ」といわれたら、捨て身になってやり抜くことだと思う。

『役員室午後三時』

＊

サラリーマンの心がけとしては、身の程を知るということと、努力するということです。

『静かなタフネス10の人生』

＊

「おれは仕事に賭《か》ける。人生そのものに賭ける。生き方そのものが賭けになるような人生でなくちゃ、生きがいがないじゃないか」

『今日は再び来らず』

＊

「世の中には、命令する者と従う者の二通りの人間しか居ない」

『彼も人の子 ナポレオン』

＊

「上から命令されれば、われわれサラリーマンは従わざるを得ません。辞表を出さないかぎり」

『危険な椅子《いす》』

＊

現場をこわがっていては、強い発言力を持てないし、信望も湧《わ》かない。

『打出小槌町《うちでのこづちちよう》一番地』

＊

「会社員として一生を送るつもりなら、口が曲がり腕が折れても、自分の会社や、かつて自分を養ってくれた会社の悪口を外に向かって言いふらすべきではない」

『危険な椅子』

＊

「おもしろくないことは、何事も胸の中にたたみこんでおくのよ。口外しないために失うものは、とり返しがつくけど、口外したために失ったものは、永久にとり戻せませんからね」

『打出小槌町一番地』

＊

鬱憤《うっぷん》があれば、中国の諺《ことわざ》にでもあるように、穴でも掘ってその中にどなるか、荒れ狂う海に向って叫ぶかするがよい。ふつうなら、職場の不満は細君に向ってぶちまけられるものなのだが。

『小説日本銀行』

＊

サラリーマンとは、もともと「波瀾《はらん》が少ないと予想される」から人々が志す職業であって、金儲《もう》けとか金を残そうとかいうのは、お門ちがい。「給料が安い」とこぼす息子たちを、（もと経団連会長の）石坂（泰三）は叱《しか》っている。「会社につとめて、いろんなこと教えてもらうんだから、金払ってもいいくらいだ」

『もう、きみには頼まない』

＊

「はたらくといってね、働くのも、楽のうちなんだよ」

『打出小槌町一番地』

＊

日米ビジネスマンの精神的破滅を数多く見てきたニューヨークの精神科医、石塚幸雄さんは、わたしが「生き残りの条件」を訊《き》き歩いたとき、破滅に至らぬためには人間は三本の柱を太くしておく必要がある、との意見であった。

その柱のひとつが「インティマシー」。つまり、家族とか友人とか、親しい人々とのつき合いである。

「親密な時間」を必要としているのは、子供だけではない。日本人はとくに夫婦間の親近関係が弱く、逆にそれだけ会社での人間関係が非常に濃密になってしまう。人事に過度に敏感になり、これまた危険な傾向となる。一方、アメリカ人のように、インティマシーの柱が太すぎると、大きなストレスが、第一に配偶者の死、第二に離婚ということになる。

そのストレスを避けるためには、「セルフ」の柱も太くすることである。自分自身だけの世界、信仰とか読書とか思索とか、あるいはひとりだけでできる趣味の世界である。

三本目の柱は「アチーブメント」、つまり、仕事とか、はっきりした目標や段階のある趣味の世界である。

こうした三本の柱がバランスよく太くなって、その上にのって居れば、一本の柱に何か異常が起ろうと、あとの二本で支えてくれる。打たれ強さも、そういうことから出てくるのではないか。

仕事の鬼は一本足で立っているようなものである。その足が折れれば、がっくりして二度と立つことができなくなる。

三本の柱を太くするためには、肉親を愛し、よき友人を持ち、よき趣味を持ち、文学や芸術を通して自分だけの世界をも豊かにしておくことである。いま自分の柱がどうなっているか。点検しておそろしくなることがある。

『打たれ強く生きる』

＊

中国で、同年輩の作家に、「老後についてどう考えているか」とたずねたところ、笑われてしまった。いま生きるのに精いっぱいであって、老後のことなどおかしくって、ということである。

窓際族《まどぎわ》についても、同じことがいえる。麻生《あそう》太郎氏に「閑職という職があるのは日本だけ」といわれ、なるほどと思った。当人は追われたつもりかもしれぬが、少し視野を広げてみると、余裕のある恵まれた場所、ということになりかねない。開き直って、その余裕を自分のために十分に活用することである。人生は二度と味わうことができない。

『わたしの情報日記』

＊

でも、僕は思うんだけど、窓際族ってそんなにつらいかなあ。仕事しなくていいしさ、高給がもらえて、しかも陽当たりのいい場所に座っていられて……。上役につかえなくていいし、部下に苦しめられることもない。面子《メンツ》さえ気にしなければ、こんないい場所はないんだから、それをもっと生かして、いろいろ勉強すればいいんじゃないかと思うんだけど……。

『サラリーマンの一生』

＊

それにしても「サラリーマンは気楽な稼業《かぎょう》」という歌の出た気楽な年は、いつだったろうか。はるかな昔という思いもするこのごろである。

『わたしの情報日記』

第三章　男のライフ・スタイル

奇道と正道

「やることが、奇道であり、邪道だよ。それでも勝てばいいというかも知れんが、奇道や邪道は、永い目で見れば、正道に勝てないものなんだよ」『百戦百勝』

＊

「行儀のわるい人はいつでもいますよ。しかし、行儀のわるい人はどこにも通用しない。一勝負やって当てる程度。いずれは行き詰まる」『ビッグボーイの生涯』

＊

光野は他人の手によって絶望という状態がもたらされることを信じない。敵に戦術があれば、こちらにも戦術がある。争えるかぎり、もがけるかぎり、もがきつづけることだ。勝負はあきらめることで決してしまう。『危険な椅子《いす》』

＊

「目標のない人生は、人生じゃないぞ」『外食王の飢え』

＊

「仕事の上で意地をはるのは、結構。しかし、人間、意地だけでは解決しない問題がいろいろある」『盲人重役』

＊

金がなければ、力が持てない。力がなければ、金が持てない。その気の遠くなるような悪循環から抜け出すためには、〈初期資本〉とも呼ぶべきまとまった金が要る。それも、若いいま、要る。悪循環の中でもがいているうち、すり切れてしまい、ささやかな日常の幸福の再生産に甘んじてしまうようになってからでは、おそ過ぎる。　『成算あり』

＊

「どれだけええ学校を出たところで、最後はその人の実力だ。それに運ということもある。……万事は運と、それに実力じゃ」　『大義の末』

＊

「運がよかったわね」

「そうじゃない。おれの運が強いんだ」

泣き言などいわなかったおれに、運の方がしびれを切らして頭を下げてきた。これからだって、きっと、運が家来のように、おれについてくる。　『外食王の飢え』

＊

「いまは、きみにとって、どん底のときだ。人生には、そういうときが一度か二度はある。それを通り越せば、今後はよいことばかりが続くはずだ」　『盲人重役』

＊

近代戦を遂行させ、最後に勝利をかちとらせるものは、名将や猛卒の働きではなく、経済力の如何《いかん》による。

『野性的人間の経済史』

＊

義理も欠く、人情も欠く、恥もかくという「三かく主義」でなくては、とても忙しい世の中を渡りきれぬ。あちらを立て、こちらも立てているのは、どれも落伍者《らくご》ばかりなのだ——。

『鮮やかな男』——『多忙といわれた男』

ヒーローの条件

いつの世でも、ヒーローにはそれだけの理由がある。
列挙してみれば、
一、報われないのを承知の上でのおそろしいほどの勤勉と努力の積み上げ。
二、「いまが最高」という生き方。成功へのゆるぎない自信のある人もあれば、三ヵ月先まで見通せればいい、という人もあった。多少の屈折はあっても、人生のかげりにはならない。いずれにせよ、オプティミスティック。
三、生活は軽く、いつも「戦闘体制」をとり、動ける自由を確保する。
四、おそろしいほど古風で単純な日常生活。無趣味に近く、酒ものまぬ人が多かった。

五、はげしい好奇心。よき感度と、それを高める習性。生い立ちにさかのぼっての異種交媒から成る人生。

これらヒーローの条件は、考えてみれば、わたしたちの少年時代にも、美徳として数えられてきたことであった。　『軽やかなヒーローたち』

＊

（近江《おうみ》）長浜に三日逗留《とうりゅう》し、帰途は陸路をとった。

ただ祝儀《しゅうぎ》の使者というだけでなく、（呂宋《ルソン》）助左衛門は今回も（今井）宗久《そうきゅう》に申し出て、江北の物産の動きや、水陸の交通の便を調べてくることにしていた。

これも一種の出しゃばりかも知れぬが、ただ漫然と使いの用だけ果す、ということでは、満足できなかった。

だが、そういう助左衛門を、秀吉はほめてくれた。

「人はみな、さし出るぐらいがいい。わしなどは、その心掛けひとつで伸びてきたようなものだ」　『黄金の日日』

＊

「わたしは大勝利を夢見ているのではありません。少しの勝利でいいから、一勝一勝積み上げて行こうと思っているのです。強いていうなら、百戦百勝が夢なのです」

『百戦百勝』

＊

「スランプは、新しい飛躍のための陣痛のようなものだ。陣痛がなければ、子供は生れない」

『学・経・年・不問』

＊

「わたしは、こんな風に考えております。昔から、運は寝て待てと申しますが、あれは、とんでもないうそで」

「というと」

「わたしは、運は水の上を流れていると思います。ですから、命がけでとびこんでつかむ度胸と、つかんだ運を育てる努力がなければ、運はわが身に宿らぬと、考えております」　　　　　『雄気堂々　下巻』

＊

「人間、力が強くなればなるほど、いろいろなことができるし、やってみたくなるものだ。さまざまに入知恵する者も、出てくるであろうし」　　　　　『黄金の日日』

＊

某月某日

（I商事の）S氏と、やはりオマーンに居たT氏で昼食を共にする。地の果てで、たったひとりで働いてきた男たちである。

そうしたところで、たくましく生きられるコツは何か。

「外向的《アウト・ゴーイング》な性格であること」

「積極的に人を訪ねて、友だちをつくること。断られても、もともとという気持で」

ただし、仕事については、

「全力をあげて、玉砕しても悔いない思いで、ひとつのプロジェクトに取り組む」

という考えと、

「仕事をひとつに絞らず、次々と企画を打ち出して並行して進めて行くこと」

という二つの考え方に分かれた。それぞれに理のあるところだが、それでも二人が共通していったのは、

「仕事に追いかけられず、常に仕事を追いかけること」　『わたしの情報日記』

生き甲斐《がい》とは何か

人の老い方にもいろいろある。たとえばこのごろの人は、三十五歳ぐらいまでは、人生とはなにかということをあまり考えないというんだな。三十五歳ぐらいになって、生きがいとはなにかを、初めて考えるようになる……と。つまり、その時点でようやく、どう生きたらいいかということを考え出す。言葉を換えると、マチュア（成熟）に達することが遅いということですね。　『サラリーマンの一生』

＊

「生きがいは、あるとか無いとか、白とか黒とかいうものじゃないし、訊《き》くものでもない。他人と比べられるものでもないんです。それぞれが自分の中で漠然と感じるだけです。その感じ方をいうしかないんですよ」

『勇者は語らず』


望むと望まぬとにかかわらず、余暇時間は増大しており、そうした時間をどう過ごすかで、その人の人生も変わりかねない。

『この日、この空、この私』

＊

わたしは早くから、十年勤続一年休暇説を唱えてきた。だが、サラリーマンの友人は苦笑していった。おそらく、その休暇制度ができても、だれも休暇をとらないであろう。というのは、一年休暇をとっている間に、その仕事をだれかに奪われてしまう、あるいは居なくても済む、と見られてしまう。そのことの恐怖感から、うっかり休めないのが、いまのサラリーマンの心情だ――という説明であった。

しかし、高度成長期が終ったいまとなっては、会社そのものが明日の生き方に迷うようになってきている。会社のきまりきった仕事をこなす人間ではなく、会社に代って、会社の明日の生き方を考える人間がふえないと、会社の存亡にかかわってくる。

そうした人材は、広い視野を持ち、新しい角度から物事を見ることのできるひとでなくてはならない。会社の外に出て会社を眺めることのできる人間、でなくてはならない。

長期休暇はそのために必要であり、同じ理由から、幅広い読書や、会社外の人間との交際も必要になる。

『城山三郎全集／第1巻／男子の本懐』――「随筆（五月病を逃れて）」

＊

人間、若い間は努力の連続だ。努力することによって救われる。

大久手（特務少尉《しょうい》）は頑固にそう信じていた。

休息は働き尽くした晩年にのみ与えられるべきもの。若者に休息は必要ない。

『一歩の距離』

＊

「お忙しいところ恐縮です」

「ご多忙中、申し訳ありません」

記者や客たちの言葉を、平河はややつり上がった眼を細めて聞く。悪くはない。

多忙こそ、男の生き甲斐である。

自分はいったい、ふつうの男たちの何倍忙しく働いていることだろう。二倍や三倍では効《き》くまい。

空《むな》しさは感じなかった。外的な充実が、そのまま内面の充実に思えた。たとえ何かつまずきが起こるとしても、人の数倍も詰めこみ積み上げたもののすべてがくずれることはない。多忙は生き甲斐であるばかりでなく、救いでもあるのだ。

『鮮やかな男』――『多忙といわれた男』

*

原口は、自問自答をくり返した。

〈会社員としての生きがいは何だ〉

〈会社への忠誠さ〉

〈その会社とは、おれを育ててくれた親会社なのか、いま、おれが居る会社のことなのか〉

〈さあ……。適当に折り合わせて〉

〈一方への忠誠は、他方への反逆になる。妥協の余地はない。択一的な選択だけだ〉

〈それでは、恩義を棚上げして、今後のプラスになる方を選べば〉

〈それは、親会社に……。一方はゼロだが、親会社につけば、ゼロよりは……。しかし、計算はもういい〉

〈それを言うなら、いっそ人生意気に感じて生きる方を選んだら〉

〈残念ながら、意気に感ずるような人は居ない〉

〈悲しい男だな。それでは、おまえをたよりにする人々のために〉

〈女房子供か。しかし、もうあの連中のことはたいして考えなくていい。あの連中は、みんな十分に自分の世界を持っている〉

〈その他に誰もお前をたよりにする人はないのか〉

〈……残念ながら、これもない〉

『城山三郎全集／第14巻／着陸復航せよ』――『ある倒産』

＊

「幸福とは、心の状態をいうのでしょう。金や名誉よりも、ゆっくりと、そして安定したくらしを。それで十分だと思います」

『アメリカ生きがいの旅』

＊

「短い人生だから、たのしんで生きたいね。のんびりと、しかし、徹底的にたのしんで」

『鮮やかな男』――『ファンタスチックな男』

＊

わたしは、湘南《しょうなん》電車が好きだ。

濃い緑と蜜柑色《みかんいろ》、明るく強い色だ。いつも陽光を感じさせる。

登場したとき、騒がれたかどうか。騒がれはしなくとも、よろこばれる色ではあったろう。人間的な色である。

ありふれた色になり、ありふれた電車になってから久しいのに、いつも気分だけは若い顔をしている。飽きることを知らないかのように、疲れてはいけないと自分に言い聞かせるようにして走る。

「つばめ」に抜かれ、「あさかぜ」に抜かれ、「こだま」に抜かれた。情けないていたらくだなどとは思わない。何の関係もないといった顔で、十年一日、走り続ける。通勤客を運び、行楽客を乗せ、買物客を運び、また通勤客を運び、酔客を届ける。踏まれ、蹴《け》られ、呪《のろ》われ、忘れられ。

新幹線――パールグレイとネイヴィブルーの冷たいメカニックな色、とりすました貴公子の顔だ。その横を、今日も律儀《りちぎ》者はせっせと脇目《わきめ》もふらず走る。健気《けなげ》に、まっとうに走る。

濃い緑とオレンジ――それは太陽の色、人間の色、あざむくことのない色だ。『鼠《ねずみ》』

男の存念

国鉄総裁職。

石田(禮助《れいすけ》)にとって、人生の秋、颯爽《さっそう》の出番であった。

それまでの人生の中から、スタンスはすでに決まっていた。

粗にして野だが卑ではない。正々堂々とやる——。

私心といえば、そうすることで「天国への旅券《パスポート・フォア・ヘブン》」を得たいという願いだけ。こわいもの知らずでもあった。

石田の国鉄についての理念は、明確であった。

「企業的精神で能率的に経営して行く」そのため「できるだけ合理化をやらなけりゃいかん」し、「もっと営利心をもて」

同時に、「弾力性のある独立採算」ができるよう、政府・国会に強く働きかける。
総裁の実際の仕事としては、いやなこと、総裁でしかできないことだけをやり、決断はするが、実務はすべて（副総裁の）磯崎以下に任せる。弁解はしない。責任はとる。

『粗にして野だが卑ではない』

＊

石田（禮助）さんは勲章をもらわない。石坂（泰三）さんはもらってはいるけれども、米寿のときに白楽天のある詩を示したそうです。年をとるとやせて、朝飯が減って、眠りが少なくなって、夜の時間が長い、と。それに続いて「実事ハヨウヤク消《ウ》セテ、虚事ノミアリ。銀魚ト金帯ト腰ヲ繞《メグ》リテ光ル」。「銀魚と金帯」は勲章のことらしい。それが「虚事のみあり」。勲章だけが光っている、むなしい、ばからしいというわけです。勲章をもらいはしたけれども、ばからしいといってるんだね。経団連会長が断ったりしたら、そのあと大ごとになるからもらったけれども、ということなんでしょう。

『人間を読む旅』

＊

男にとって大切なことは愚直さですよね。もう明らかにそういうことしたら損だということが分かってても、そういうことをしなくちゃいけないという使命感なり理想があって、愚直に生きていく。その愚直さということを、もう少し言いかえると、けじめの問題ですね。つまり、男らしい男は、けじめをつけるっていうことです。

『失われた志』

＊

一日、沢は何気なく新聞を見ていて、ひとつの記事に目をとめた。警視庁を定年退職する名刑事の回顧談をまとめたもので、その刑事のせりふが光った。

「どんな難事件でも、あきずに現場へ通いつめていると、必ず解決のカギが見つかるものです。現場百回ですよ」

「なるほど、これだ」

沢は、こぶしで膝《ひざ》をたたいた。とにかく、行かなきゃだめだ。

『外食王の飢え』

＊

「男なら、約束を守れ。決めたら、脇見をするな」

『男たちの好日』

＊

「死ぬのはやさしいし、死ぬばかりが武士ではない。はずかしめに耐えてでも、まず主命を果たそうではないか。命ある限りはお役目大事。ただそのことだけを考えて参ろう」

『望郷のとき』

＊

「でも、一人の力って知れてるわ」

「そうだろうか、一人の男の力で、どこまで行けるものか、ぼくはやってみたい。人生は、そのために用意されてると思えるんだ」

『成算あり』

＊

「はげしい心でやらなければ、何事も成就《じょうじゅ》しない。人の心は水と同じで、急流でなければ、何も回転させられない。獅子《しし》のような人間でなければ、だめなのです」

石井はさらに続けて、

「正直主義と大胆不敵主義。これが、わたしの信条です。わたしに言わせれば、人間の最大要素は胆力で、人物の大小とは胆の大小のこと。だから、わたしはお題目代わりに、決心、決心、決心、と唱えています。そうして、船頭として舳先《へさき》に立ちます。こういうわたしにしてみれば、ぐずぐず人間は屑《くず》人間、共に事を為《な》すに足らずです」

『わしの眼は十年先が見える』

＊

哀れみを乞《こ》うというより、認めたくないものは認めず、認めさせるべきことは認めさせるという生き方を通すしかなかった。負けるが勝ちではない。負けはいつも負け。頭を下げるより、心外な負け方をしないことが大切であった。

『一歩の距離』

＊

一つの会社に孜々《しし》営々《えいえい》と十余年つとめるということ、そして、妻子をかかえて暮らしていくということ――それはじゅうぶんに人間としての重さを感じさせてよいことだ。人間としてのたしかさを認められていいことではないか。『風雲に乗る』

＊

やめようとしたのに、親切に引きとめられる――珍しいことではない。

だが、そうした貸し借りは、想像以上に人の心を拘束する働きがある。己を知って引きとめてくれた、その己を知る人のためには――という精神である。『鼠』

＊

「ひとつだけ好きな文句をおぼえて居《お》ります。だれの言葉か忘れましたが、『一期《いちご》の盛衰、一杯の酒』というのです。この世でどれほど盛衰があろうと、一杯の酒のうまさにはかなうまい、と。」

『秀吉と武吉』

＊

渋沢（栄一。明治・大正期の実業家）さんにお酒の歌があってね。「憂《う》きにつけ楽しきにつけめくるかな憂《うれ》ひをさけの杯の数」。サケをかけている。憂いを避けるためにまた酒をかけての杯の数といって、飲む。また酒好きの反面、「うち集ふ宴《うたげ》のまどい人ごとに受けては返す杯の数」、これは「いとわしきもの」というタイトルがついている。やっぱりめんどくさいでしょう、受けては返すの。ぼくもあれがいやで。ほんと「いとわしきもの」だよ。こういうのをみていると、非常に親しみやすい人柄ですよ。

『人間を読む旅』

第四章　サラリーマンの敗者復活戦

人事異動の構図

ピッチャーが二度三度打たれ、監督が出てきて、ピッチャー交代を告げる。ピッチャーは口惜《くや》しそうに、グローブを地面にたたきつけ、未練たっぷりに去る。よく見かける光景である。観客は、ごくありきたりのこととして眺めている。そこで交代させられず、その後、なお連打を浴びて、泣きそうな顔でさらしものにされ、再起不能になってしまうよりは、はるかに適切かつ温情的な采配《さいはい》だ、と理解する。

企業の配転人事も同様ではないか。赤字が出れば、さっとクビをすげかえる。

（略）

わたしの友人の幾人かも、長いサラリーマン生活の中で、次々に不遇と思われるポストに移された。

地方都市へかなり長い期間、すえ置かれたひともある。

ただ友人たちはその時期をそれぞれ恰好《かっこう》の充電期間としたようで、一回りも二回りも大きくたくましく、安定したものを感じさせる姿になって戻ってきた。赴任するときの姿がうそのようであった。

その友人たちが名配球ぶりを見せるのを、わたしは外野席からたのしんでいる。

人にはそれぞれ才能や能力のちがいがある。仕事への適不適ということが出てくる。

それに、たとえ適した仕事であっても、勘が狂うこともあれば、気力や体調が整わぬときもある。神でもスーパーマンでもない以上、それは避けられないことだ。

そのときには、一休みさせてもらうか、場を変えてもらった方がいい。降格や配転は、その意味では、むしろ救いではないのか。少くとも、ピッチャーの交代以上の意味はない。

降ろされたピッチャーが、ベンチに入ってからも、椅子《いす》を蹴《け》とばしたり、あるいは、がっくりうなだれ切っているのはどうであろうか。

一息つきながら、続行されているゲームをじっと見守り続けること。その姿に、監督は新しい期待の芽生えを感ずるはずである。『打たれ強く生きる』

＊

人事を（部下に）どう伝えるか、ということ。中山（素平。もと経済同友会代表幹事）は、そこまで気を配る。「小事は重く」である。

それに、上役には小事であっても、動かされる当人にとっては大事である。とくに出向人事、派遣人事については、気をつかわねばならない。『運を天に任すなんて』

＊

（永田）耕衣《こうい》は、部下にも慕われる中間管理職であった。

部下が失敗しても、頭ごなしに叱《しか》るということがない。失敗の理由を、そして、その部下がどういう人間なのかを、まず知ろうとした。叱る代わりに、

「きみ、これまでどういう仕事してきたんや」

と、訊《たず》ねる。

努力してというより、もともと人間に興味があるので、自然にそういう質問になる。幸い、部下はそれを自分を理解してくれようとしているのだと受け取る。コーヒー嫌いだった彼は、後年、キリマンジェロ・コーヒーだけは愛飲するようになるが、そのことに触れ、

〈何でも（殊《こと》に人間を）好きになるということは、実にヨイことだと思う〉

などと書き、人間への興味、人間好きの大切さを強調した。『部長の大晩年』

＊

それにしても、このごろは、電車の中でずいぶん声高に話す人がふえた。新幹線の中でも、ときどき耳をふさぎたくなることがある。

夜ふけの車内。かなりのんで、すっかり出来上っている男二人。親しい上役と部下らしく、人事についての不満を、部下がしきりにくり返す。ぼやいたり、からんだりで、上役はしだいにもてあます形だが、部下は部下で腹にすえかねていたらしく、

「覚悟決めてますよ、ぼくは」

ライバルが登用されそうなのでおもしろくない。しきりにそのライバルの人望の無さを訴える。

上役はやがて言葉少なになり、部下はますますからむ。ただし、下りるとき、上役はぎくりとする一言を残した。

「ひとがついてくるかどうか、きみ自身ちょっと考えてみたらどうかね」

声高に話す人には、ときにはこちらに時間を忘れさせてくれる効用もある。『湘南《しょうなん》』

*

笹上は相変らず目をすえたまま
「どこか、たらい廻しされるんでしょうか」

「いやかい?」

部長が切り返すと、笹上は眼を伏せた。

「いやという訳では……」

「きみたちは、たらい廻しをまるで島流しか何かのように思っとる。とんでもない話だ。間に合うから、たらい廻しされるんだ。たらい廻しは商社につとめる者にとって光栄なんだ」

『城山三郎全集／第3巻／毎日が日曜日・輸出』――『輸出』

＊

人間の能力とは努力のことでしかない。

『価格破壊』

＊

「そこまで期待をかけられて、万一、うまく行かなければ……」
「そんなことは、考えなくていい。ただ最善の工場さえつくってくれれば。あれこれ考えるより、つくるのが先決だ。まずいところがあれば、動かしながら直して行けばいい」
「そんな楽観的なことをいわれても……」
「楽観も悲観もない。人間のつくるもので、一〇〇パーセントうまく行くなんてものが、あるはずがない。だめでもやっていれば、必らずできる。やめれば、永久にできぬ。ただそれだけのことさ」

『男たちの好日』

配転さきの職場で

「勉強して、わからぬものはない」

『鼠《ねずみ》』

＊

転勤について、一つだけ言えるのは、転勤は大変だ大変だというけど、転勤によって、より大きな人間に成長していく人と、だんだん小さくなってしまう人と、二通りに分かれるんじゃないかという気がする。
たとえば、この話、よくするんだけど、海外駐在員の奥さんたちでね、バンコクならバンコクに駐在員として、夫人同伴で行くでしょ。そうすると、その奥さんが、すごく伸びて帰ってくる人と、まったくダメになる奥さんと、両極端だと言うんです。

つまりバンコクなんかは、メードがたくさん使えて、自分の暇な時間がいっぱいできるわけです。で、この暇な時間にタイの歴史を勉強するとか、語学を身につけるとか、仏教や民芸品の造詣《ぞうけい》を深めるとか……、そうやって内面的な充実をはかって帰ってくる人と、明けても暮れてもゴルフだマージャンだと、遊び放題に遊びを覚え、すっかりダメになって帰ってくる人と、これ、奥さんを見ると、実に明暗がはっきりしているそうですね。

だから転勤というのは、奥さんにも旦那《だんな》さんにも、そういう作用があると思う。

『サラリーマンの一生』

＊

壮大な事業計画《プロジェクト》に取り組めるのは、商社の中でも一部の人間である。彼等は精鋭を集めた一種の前線部隊であって、その後方には、補給や兵站《へいたん》、それに、戦費づくりに当たる膨大な営業部門、さらに管理部門がある。そうした綜合《そうごう》戦力があってこそ、前線部隊も活躍できるのであって、その意味では、前線の戦士たちが無名で終わるのも、当然かも知れない。それに、戦士たちの失ったものや、暗い部分を、笹上は身にしみて知ってもいる。ひとりの人間が、時代とやらのために何かを残し、会社のために何かを残し、しかも、自分のために何かを残すという風に、同時にうまく行くものではない。二兎《にと》も三兎も得ようとすれば、一兎さえ得られなくなる。

『毎日が日曜日』

＊

冒険には、いくらかの危険はつきものである。何ひとつ危険が予想されなければ、冒険ではない。

『零《ゼロ》からの栄光』

＊

「不成功のとき、きみが弁解を製造するとは思えない。いさぎよく身を退《ひ》くことだろう。そうならないようにして欲しいな」

要するに、不首尾のときは引導を渡す、ということである。

『男たちの好日』

＊

だが、進み過ぎた部分に遅れた部分が追いつくと、ぱっと類い稀《たぐまれ》な花を開く。そして、類い稀な花を開くためには、少しばかりちぐはぐでも、やはり二歩も三歩も進んでいる部分がなければならぬのだ。

『零からの栄光』

＊

「真理は平凡だ。必勝の気力・体力は、ソバや百円カレーからは出て来ん。貧すれば鈍すで、栄養が悪けりゃ、稼ぎも悪くなる。逆に栄養がよけりゃ、稼ぎもふえる。だいいち、五百円メシ食うと思えば、気持の張りからちがってくる。えらいちがいだよ」

「…………」

「一日一食が自分の稼ぎにひびくと思えば、不用意に食っても居《お》れない。日ィ暮れ、腹減りとはちがうからな」

「何だい、それは」

「おれのおふくろが、いちばん軽蔑《けいべつ》してた生き方だ。男なら日ィ暮れ腹減りの腰弁になるなと言ってな。日が暮れるから、腹が減る。腹が減るから食べる。それも変り栄《ば》えのしないものを。また日が暮れる。腹が減る、食べる……。何もしない、何事も起らない——そんなあてがい扶持《ぶち》の人生が、いちばんつまらんというんだな」

『学・経・年・不問』

＊

「静思、つまり静かに思うということを、わたしは大切な日課にし、日記をつけながら絶えず反省している。あなたも日記をつけるといい」

『わしの眼は十年先が見える』

＊

「どんな役職につこうと、おれたちから、兵士の意識は消えない。軍隊にこそ入らなかったが、おれたちは、兵士の時代に育ったものなあ。深く考えない、理屈はいわない、反抗しない、自己犠牲は得意だ。いろいろ考えているようでも、やってることは、兵士と同じだよ」

『イースト・リバーの蟹《かに》』――『遠くへお仕事に』

明日に賭《か》ける

「人間は、日に四度、メシを食うものだ」

「はあ？」

「三度は、ふつうのメシを食う。あとの一度は、活字のメシを食え。つまり、読書だ」


『臨３３１に乗れ』

＊

帰国後の井上（準之助）が熊本を訪れたころも、浜口（雄幸《おさち》。大正・昭和期の政治家）には相も変わらぬ生活が続いていた。じっと左遷《させん》の日々に耐え、いつか来るべきものを待つ生活が。

浜口は、後年、このころの自分の姿を思い浮かべるようにして、語っている。

「人生は込み合う汽車の切符を買うため、大勢の人々と一緒に、窓口に列を作って立っているようなものである。

中々自分の番が来ない。時間が迫って来て気は急《あ》せり出す、隣りの方が空《す》いていそうに見えるので飛び出して見たくなる。しかし一度自分の列を離れたが最後、あっちこっちと徘徊《さまよ》ってみても、そこにもまた順番がある。しまったと気が付いて元の列に立ち戻って来れば、自分の前に居た所は、已《すで》に他人に占領されていて、遥《はる》か後ろに廻らなければならない。結局急いだ為に却《かえ》って後《おく》れることになる」

『男子の本懐』

＊

読書は両面あって、一つは、すごく読書する人間は、やっぱり伸びる力を持つということです。今は情報時代というけど、ほとんどのビジネスマンは情報に流されているんです。彼はその情報の部品になっている。読書していると、逆に情報を部品として使いこなせるんです。読書する人間は信頼できるということが一つ。

もう一つは、読書した人間は、楽に生きられる。つまり、出世するしないなんていうのは、人生のごく小さな問題だということです。読書をすることでいろんな生き方をしている人、いろんな人生というのを追体験できるわけですから、それによって慰められたり、もっと励まされたりする。

『人間を読む旅』

*

現実に旅に出なくとも、たとえば読書を通して、いくらでも心の旅に出ることはできる。あてもなく書物の海を渡り、書物の山を越えて行けば、半年のち一年のちには、きっと新しい視野がひらけてくるはずである。その旅の中で、心は日に日に新たに、つまり初心の連続となるにちがいない。

『城山三郎全集/第1巻/男子の本懐』――「随筆(五月病を逃れて)」

*

メーカーのミドルがつぶやく。

「工場の中だけで明け暮れてきたわれわれとちがって、若い連中は海外のこともふくめ、実にいろんなことを知っている。情報量では、こちらがかなわない」と。なるほど、そうかも知れない。だが、そうした情報の蓄積など、少しもこわくはない。亡《な》くなった大屋晋三《しんぞう》氏（もと帝国人絹《じんけん》社長）の言いぐさではないが、「そんな情報は、基礎ができてないから、みんな流れて行ってしまうよ」

大屋氏が「基礎」というのは、本格的な読書のことである。読書なしでは、情報は身につかない。吸収され、血や肉となって役立つことができない。読書量や読書欲では、若者とミドルのどちらに分があるであろうか。『わたしの情報日記』

＊

本を読んでいると、長ーい人生の中で必ずどこかで生きてくると思う。直接的に生きる場合もあるし、間接的に生きる場合もある。『人間を読む旅』

＊

インターネットとか何とか、このところ、喧《かまびす》しいが、同類の情報が右から左へと流れて行くばかり。

ところが読書は、この重い体を瞬時に、すっぽり別世界へ運び入れてくれる。たちまち、いくつかの人生を追体験させてくれる。これほどすばらしい楽しみがあろうか。

『この日、この空、この私』

＊

ぼくは読書のタイプを三つに分けて、一つは、気紛《きまぐ》れ読書型というか、気紛れ散歩型。今いったような、なんでもないきっかけから読んでみるというものです。読書本来の喜びはそういうものだと思います。だから、ぼくも寝る時は、枕《まくら》もとには、そういう気紛れ散歩型の本をポッとおいて、なんとなく関連のない本を読みます。

二つ目は、テーマを決めて、それに関するものを系統的にというか、集中して読むという集中豪雨型。ぼくなんかも一つの作品を書こうと思ったら、その作品に関するものは徹底的に読む。普通勉強するというのはそうですよね。

もう一つは、変な言葉ですけど、交流・交易型。例えば読書会なんかでお互いに交流し合うわけです。

『人間を読む旅』

＊

書庫を改築するため、このところ、たまった雑誌の山を整理している。雑誌の種類が多いため、それは、わが家の中に小さなピラミッドのように積もって、すでに数日かかっているのだが、一向に片づく様子がない。

そのうち、週刊誌類が好んで取り上げているのは、有名人をふくめ男女間の愛憎をめぐるスキャンダル。そして、セックス記事と金もうけ記事。

人間のやることに変わりはないといえばそれまでだが、よくまあ似たようなことをと思われる事件が、とっかえひっかえ延々と繰り返されていて、ついには目次を見ただけで、げんなりしてしまう。

その一方、総合雑誌や経済雑誌では、ひっきりなしに「課題」や「難問」が取り上げられる。あすにでも日本がひっくり返るかと思われるような深刻な問題提起もある。天下の一大事の連続である。

ところが、いまとなってみれば、それらの問題は、ことごとく大事に至らず、とにもかくにも片づいている。

わたしは、それをよろこんでよいのか、悲しむべきか、わからない。ただ、もし、こうした雑誌にきわめて忠実な読者がいて、それらの記事とともに深く憂《うれ》え深く悩んでいたとしたら、その読者は若くして白髪になっていたことは、たしかであろう。

『城山三郎全集／第1巻／男子の本懐』――「随筆（一大事とは何か）」

＊

その時間が、一番愉《たの》しいんだよ、一日で。仕事終わって、ベッドに自分の好きな本持って飛び込んでいくというときが、一番愉しい。

『失われた志』

第五章　世わたりの秘訣《ひけつ》

物事を成すには

志を立てるのも、激発するのも、やさしい。しかし、堪忍《かんにん》するのはむつかしいし、貴重でもある。

『雄気堂々 上巻』

*

焦《あせ》らず、あきらめず、毀誉褒貶《きよほうへん》にとらわれず、黙々と歩み続ける——事を成すのは、こういう男ではないのか。

『歴史にみる実力者の条件』

*

「ねばることだ。物事を成すには、最後の五分間が、かんじんだ。詰めに成否がかかっている。あと、ひとふんばりしてみることだ」『外食王の飢え』

＊

「頭は少し弱目がいい」

というのが、作家の渡辺淳一さんの説である。

頭がいいと、いろいろなことに気がつき、気が回り、また先行きのことをあれこれ計算したりして、一事に集中しない。

少し頭が弱目な方が、その道しかないとあきらめて、いい仕事ができる。

歌手の世界でも、それがいえる。

本当にうまい歌手というのは、たとえば紅白歌合戦の司会などできない。やらせれば、大混乱に陥るであろう。

男女ともに、いちばんうまい歌手は、頭が少し弱目の人なのだ――。

渡辺さんは、ここで、その男女の歌手の名を挙げた。

わたしは歌には全く関心がないので、その名をおぼえていないが、同席して聞いていた人たちは、「なるほど！」と大きくうなずいた。

頭が少し弱目ということは、鈍いということであり、細かなことに気をつかってくよくよすることがないということである。

『打たれ強く生きる』

＊

〈不激　不騒　不競　不従〉

けげんな顔をする津秋に、ナオミは言った。

「激さず、騒がず、競わず、従わず。おじいさんの一人が信じている四不《しふ》の教えというものなの。いい言葉なので、書いてもらったの」

「激さず、騒がず、競わず、従わず、か」

津秋も声に出してみた。たしかに、心にしみてくるものがある。人間のひとつの理想の状態をいっている。

『うまい話あり』

＊

「わたしはね、こう思いますよ。何事をするにも、ある程度の勢力を得なければ、事は成功しないと」

『辛酸』

事を起そうというときには、みな緊張して、秘密も守られやすいが、中止となると、つい気にゆるみができ、知らず知らずの中に話が漏れる可能性がある。

『雄気堂々　上巻』

＊

「力というものは全部使えばいい、というものじゃない。考えて使うものだ」

『彼も人の子　ナポレオン』

＊

（英国の将軍）ウェリントンでいいなと思うのは、「自分はいつも自分のそばに『おまえはタダの人間だ』ということを言ってくれる友だちをつけておきたい」という言葉ですね。ナポレオンは逆で、どんどん肥大して皇帝になっていった。ウェリントンはそうじゃなくて、首相になってもそういうことを絶えず自分に言い聞かせている。

『人間を読む旅』

＊

「あなたは、眼先でしか物事を考えないのね。もう少し大局というか、先のことまで考えないの」

「考えたって仕様がない。明日のことがわからぬのが人生なんだから」

『成算あり』

＊

人間しゃべれば必ず自己弁護が入る。結果として、他のだれかの非をあげることになる。

『落日燃ゆ』

＊

「……人間は弱いものなんだ。枠というものがないと、つい、とめどがなくなる」

『外食王の飢え』

出処進退の潮どき

不況続きに「合理化」の名の下でレイオフや人員整理を行うトップがいるが、中山（素平。もと経済同友会代表幹事）に言わせれば、それは、

「人員整理をやるなら、まずトップが辞めるべきだ」

と、きびしい。

部下全員の助かるのを見届け、その上で自らの去就を――それは中山の気概であり、美学でもあった。『運を天に任すなんて』

＊

豆二はお安にいった。

「しかし、あの男は、ちょっと勝ちすぎたようだな」

「勝ちすぎ？　なんで、それがわるいんや」

「これは、おれの耳学問だが、勝利は五分まで勝てば上々。七分まで勝つのは中。十分まで勝っては下だと、武田信玄がいってるそうだ」

「そんなあほな……」

「あほじゃない。五分の勝ちだと、励みが出るが、七分まで勝つと、次に怠ける気分になる。十分だと、驕《おご》る気持になってしまうというんだ」

「……」

「いつか、あんたにいったろう。おれは、五分どころか、三分の利でいいと。その代り、百戦百勝する」

お安は、ようやく小さくうなずいた。

『百戦百勝』

＊

「退却もまた作戦のうちだ。妙な思惑はいらぬし、死に急ぐばかりが能でない。わかったな」

『風雲に乗る』

「ものには退《ひ》くべきときというものがあります。土壇場《どたんば》へ行ってからでは、もう誰も救ってくれませんよ」　『価格破壊』

＊

「どや、閉店祝いをやろうやないか」

「祝いですって」

「そうや。陽気にパッとさわぐ」

「しかし……」

「開店だから祝う、閉店だから悲しむ。そんな了簡《りようけん》ではあかんのや。勝っても負けても、次に勝つことだけを考える。つまり、その節々を大切にして、元気を出すようにするんや」　『毎日が日曜日』

＊

「問題は刀折れ矢尽きて死屍《しし》累々《るいるい》となることではない。意地をはることではなく、勝つことなんだ」

『価格破壊』

＊

「天使は、必要なとき、やってくる」

『男たちの好日』

＊

派手につかうのは、構わない。だが、無駄なものは、少しだって惜しい。そのけじめがつかぬ奴《やつ》は、金に見放され、人生に見放される——。

『当社別状なし』

＊

「当たって砕けろ、だ。もし砕けちゃったら、それまでだが」

『今日は再び来らず』

初心の大切さ

かつて、どのバスにも車掌がのっていたころは、春になるのが、たのしみであった。新入生よろしく新米の車掌が、緊張に頰を染めながら、かたい声をはり上げて、バス停の名を告げる。

まちがえたり、つまったりすることがあると、気の毒なほど、いよいよ緊張し、いよいよ上気する。少し意地のわるそうな先輩の車掌が監督役に同乗していて、何《なに》彼《か》と注意したりする。それをまた、すなおにというか、ひたむきに聞いて、少しでも、まともに車掌役がこなせるようにと、けんめいである。

その初々《ういうい》しく、けんめいに働く姿が、いかにもほほえましく、また、あざやかなものに見えた。帽子を斜めにかぶって、変な節回しをつけて案内する先輩の車掌などよりも、はるかに魅力的な姿にも見えた。人生において、初々しさというものがいかに大切であり、また、人を美しく見せさせるものか、ということを、しみじみと感じさせたものである。

ワンマンカーの時代となって、この初々しさが見られなくなった。いや、どの職場にも、新人がいると思うのに、新人らしい初々しさを目撃することが少ない。国鉄や私鉄の駅の改札掛などの中にも、明らかに新人と思われるのに、ふんぞり返ったり、仲間と私語を交わしながら、切符を切っている男たちが、少なくない。いや、職場だけのことではない。駅や空港などで見かける新婚旅行客の中にも、初々しさなど、どこかへ置き忘れてきたような新婦の姿を見ることも、珍しくなくなった。

わたしは、「初心忘るべからず」などという教訓をいいたいのではない。初心こそ、そのひとを豊かにし、また美しく見せるものであるのに、なぜ早々とすててしまうのかと、惜しまれてならないのである。

『城山三郎全集／第1巻／男子の本懐』——「随筆（五月病を逃れて）」

＊

初心に立ち返るためには、ただ手をこまぬいて、「初心」、「初心」といって居ればいい、というものではない。そうではなくて、つとめて新しい勉強をし、新しい角度から、物事を眺めようとする努力が、必要であろう。

『城山三郎全集／第1巻／男子の本懐』——「随筆（五月病を逃れて）」

＊

「名声は高くても失敗した人の助言や援助は受けるな。著名でなくても成功者の助言や援助を求めよ」

『野性のひとびと』

＊

「蟻《あり》の如《ごと》く働き、蜘蛛《くも》の如く忍耐せよ」

『わしの眼は十年先が見える』

＊

「貧しい者は、結局、いつも泣かされるんですね」

老田は、詠嘆ではなく、だから力を持たねばならぬという意味で言った。

桐山は、それを世間一般の貧乏人の話という風に置き換えた上で、「貧乏するのは、社会とか政治が悪いというより、つまりは、その人に何か欠けるところがあるからですよ。努力をしないか、働かないか、頭を使わないか、病気で動けないか、何か必ず、その人がしない原因があるものです」　『成算あり』

*

漱石が好きだったというイギリスの作家スターンの警句を、私は我が身に言い聞かせるようになった。

「形式にこだわるには、人生は短か過ぎる」

と。ここでの「形式」とは目に見えるものだけでなく、慣習とか世間の目もふくめ、人間を外から規制する諸々のものを指す、と考えていい。　『この日、この空、この私』

*

所用のため、大阪へ日帰りした。

早朝、家を出て駅に向うと、ほの白く透きとおった月が、歩いて行く先の西空にかかっていた。

帰りは、逆に、東の空に、血の色を帯びた月が待っていた。満月がやや欠けたばかりのまるい月である。早朝の月も、夜の月も、それぞれ美しく、それぞれ何か語りかけてくる。

わたしは月を仰ぎ、月から目を離さず歩いた。いい気分であった。いろいろ考えねばならぬことや迷っていることもあるのだが、すべてが消えてしまって、生まれたばかりの心に戻る気がする。月を見ているだけで、いつかはいい知恵や新しい元気が湧《わ》いてきそうな気がするのだ。

うつむいて歩いて行く人に、

「なぜ月を見上げて歩かないのですか」

と、声をかけたくなるほどであった。

古人が月見を大切な行事とした気持がわかる。

『打たれ強く生きる』

創意と工夫

デジタルになじんだいまの若者たちは、待ち合わせをするときも、「三時」とか「三時半」などというより、「三時三十三分」という約束をするそうである。時間にうるさい人は「三時〇一分」とか「三時三十一分」などと細かな時間を指定するが、これだと窮屈で重苦しい感じがする。

それにくらべて、「三時三十三分」には、なんとなく、あそびの感じがある。「約束時間ひとつにしても、たのしんじゃおう」という精神が感じられる。時間をおもちゃにしており、時間に束縛されていない。

公式的なものや常套《じょうとう》的なものから、少しでも遠ざかる——それは、人生をたのしくするだけでなく、発想の新鮮さ、生命のみずみずしさへと道をひらくはずである。

ちょっとした工夫だが、ばかにはできない御利益《ごりやく》があるのではないだろうか。

『打たれ強く生きる』

＊

「経験にとらわれることなく、常に絶えず進歩する人でありたい」

『わしの眼は十年先が見える』

＊

集中力は子供にもあるが、続かない。集中力を保ち続けるには、それなりの工夫と用意が要る。たとえば、息抜きというか、幼児の気楽さに戻れる時間が。

『彼も人の子　ナポレオン』

＊

「碁でも、ゴルフでも、決して思うようには行かない。人生には、失敗や行きどまりはつきものということを、趣味がときには教えてくれるんですがねえ」

『わたしの情報日記』

＊

ソニーの井深大《まさる》さんね。たいへん立派な人だと思うけど、井深さんの東通工――ソニーの前身――があういうふうに伸びたのは、技術がよかったのはもちろんだろうが、もう一つ、井深さんの姿勢がよかったと思うんです。というのは、あの方は、お父さんを小さいときに亡《な》くしている。そのために、お父さんの年代の人は、すべて自分の父親に見えたというんです。だから、いつも自分の父親みたいに、誰にでもなついていった。そうすると、相手も親身になって面倒見てくれて……。つまりあの人は、一人の父親はいなかったけど、十人、百人の父親がいたというわけ。あそこは、かなり小さな会社だったときから、政財界のリーダーたちに可愛《かわい》がられた企業だけど、それは、井深さんのそういう姿勢の賜《たまもの》だと思うなあ。

『サラリーマンの一生』

＊

「人の訪ねて来るのをいやがってはいけない。その逆に、人を訪ねて行くこともいやがってはいけない」

『鮮やかな男』

＊

たかが一日、されど一日とでもいうべきか。

考えようによっては、一日という単位は、まるごと相手にするには、大きすぎる。

空白の一日という白い巨体が、行く先々まで立ち並び、立ちはだかっていると思えば、やはり気重になり、気鬱《きうつ》にもなる。

明日という一日もまた、白くて大きく、威圧してかかってくる。といって、その一日を、こま切れにしたり、ミンチにかけては、元も子もなくなる。情報社会には、むしろ、この危険の方が大きいかも知れない。

一日をどう扱うかは、中高年だけの問題ではないわけである。


『この日、この空、この私』

＊

「時代は変るものじゃなくて、変えるものなんだよ」　　『役員室午後三時』

＊

若い人を見ていると、携帯電話と、あの小さなゲーム機。普通なら電車の中とか歩いているときは、ものを考えるきっかけになるんだけれども、歩いているときには電話をかけ、電車に乗ったらゲームをやってる。寒々とするね。『失われた志』

第六章　家庭の姿かたち

男と女の間柄

スタインベックの『怒りの葡萄《ぶどう》』の中に、男は怒ったり悲しんだりするが、女は河だ、大河のように悠々と流れて行く。そうした女の姿を見て、男は慰められ、気をとり直す、という一節がある。　　　　『打たれ強く生きる』

＊

女性はかなり生理的な存在で、心理的というか、それが非常に強いんですね。男性の場合は、ある程度観念的だし、社会的な相関関係の中で、自分の位置とか、自分の生き方、在り方というものを、絶えずというか、折りにふれて自己確認しながら歩いていくみたいなところがあるんですね。女性の場合は、わりに肉体と直結したところ、あるいは存在と直結したところで動いていくから、あまりその周りとの関係とか、周りの生き方とか、特に同性の生き方がどうだとかいうようなことを気にしないで生きていくことができる。スタインベックの『怒りの葡萄』なんかを読むと、あそこでは男たちがほんとにいろんなドラマにぶつかって、いろんな問題を抱え込んで、うろたえたり、泣いたり、叫んだり、怒ったり、もう絶えずきりきり舞いしながら生きていくわけですけど、そういう男たちに比べて女性っていうのは、スタインベックの表現によると、大きな川の流れのように生きるということに向かって流れていく、そういうのを男は見てほっとして救いを感ずるんだというような取り上げ方をしていますね。

つまり、生きるということに向かって大きく流れていく、それは自他ともに含めてですね。そういう観点からいえば、女性はそういう大きな流れの中で生きていればいいわけで、周りの景色がどうあろうと、上流から何が流れてこようと、川の中にいろんな浅瀬があろうと、あんまり気にしないし、まぁほかの流れのことも考えないという、そういうことじゃないかと思うんですね。

ぼく自身はやっぱり男ですから、大きな流れに向かって自分の存在でゆったり流れていくというふうにいかなくて、絶えずいろんなことを悩んだり、くよくよしたりしていますから、そうするとおなじ男の中でも、ある意味で堂々としてない生き方よりも、堂々とした生き方がいいし、それは別に何か大きなことをするとか、荒々しいことをするっていうことじゃなくて、それはそれなりに、いいなぁ、ああいう生き方してみたいなぁというのが、いくつもあるわけですね。『失われた志』

＊

男はある意味では甘く弱い存在、甘える存在でもある。女たちから、大事にされたい、優しくされたいという意識を内に秘めて生きている。

何かあったとき、その意識が目ざめ、言葉づかいひとつにしても、ばかにされたと受けとってしまい、男の心は離れる。いや、敵に廻りさえする。

家庭の中でも、男が男である限り、同じ危険がひそんでいる。それなのに、いま無造作に男言葉を使う若い女性たち。『湘南《しょうなん》』

＊

やっぱり男性にない機能を持ってほしいね、女性には。たとえば、男は度胸、女は愛嬌《あいきょう》と言うでしょう。

『サラリーマンの一生』

＊

「醜い女はまだ我慢できるが、高慢な女は辛抱できない」

『彼も人の子　ナポレオン』

＊

「お化粧しないと、御本人もつらいけど、まわりで失うものがあるのよ」

「失うもの？」

「だって、薄化粧がにおったり、うっすら紅を引くというだけで、そのひとも、そのまわりも、家の中まで、ぽっと明るくなるということがあるわ。逆にいえば、女はそのために生きてるみたいなところが……」

「…………」

「夫にとっても、子供にとっても、妻というか母は、そうした姿であって欲しいのとはちがうかしら」

『素直な戦士たち』

＊

「離れていると、お互いが天使に見えるものですよ。その上、わたしは手紙や詩でも、彼女を天使のように書いてやります。すると、彼女はその気になって、天使の気分になってくれます。女とは、そういうものなんです」

『男たちの好日』

＊

〈女はヨウカン。いちばん手軽に疲れが治る。食うのに、一々、理屈も要らなければ、力をいれることもない〉

『打出小槌町《うちでのこづちちょう》一番地』

＊

女は教育できるものではない。女を教育にかかることほど、男に徒労を感じさせるものはない。

『当社別状なし』

＊

それは、男の世界の、男の判断を要求する問題である。妻に相談する以前に片づけていい問題だ。何につけても女房に相談する男を、屋代は軽蔑《けいべつ》する。男と女の職分はちがう。

『盲人重役』

＊

「目標が、会社にも、その男にも、力をつけさせる。いや、男だけでなく、女にも……」

『外食王の飢え』

夫婦の絆《きずな》

「人という文字を見たまえ。二本の棒がお互いに支え合っている。つまり夫婦であって、人として立って行ける。一人前では、どんなえらそうなことを言っても、だめなんだよ」

『男たちの経営』

＊

背後からミヤが言った。

「公介、ひとつだけ言っておくけど」

ふり返ると、ミヤは口もとは笑いながら、真剣な眼をしていた。

「なんでしょうか」

公介は、足をとめた。橋を渡り切っていた。白い花吹雪が、また二人の間を横切って流れた。

「早くいいお嫁さんをもらうんだね。一人なら挫《くじ》けてしまうときも、二人ならなんとかやってゆけるものだよ。わたしを安心させるためにも、早く……」

「……」

「むずかしく考えてはいけないよ。人生には縁というものがあるの。その縁を大切にするんだよ」『風雲に乗る』

＊

「女房を持つと、しぜん貫禄《かんろく》がつき、信用がつく。身を固めるとは、うまいことを言ったものだ。ひとり者は、何となく信用できかねるところがある」『成算あり』

＊

石田（禮助《れいすけ》。もと国鉄総裁）の親友石坂泰三は、昭和三十一年二月経団連会長に就任したが、その前年の暮、夫人を亡《な》くしている。

親同士が話を進め、本人たちは結婚式ではじめて顔を合わせるという結ばれ方であったが、石坂は夫人をひたむきに愛してきた。

石坂自身、「遊蕩三昧《ゆうとうざんまい》というものを一回も体験したことがない」と言っているが、生涯、夫人の他に女を知らなかったとの評判で、

「純情という以外に言いようがないね」

と、石田は感心していた。

よくできた夫人であったようで、石坂はその著『働くことと楽しむこと』（実業之日本社）の中でも書いている。

「ハッキリいうが、サラリーマンの妻として、ぼくの女房はまことに模範的なものであった。一生家庭の中に籠《こも》り切って、不急、不用の外出用の着物なぞ一枚もこしらえず、自分自身のことはいつも後回しで、七人の子供を一人前に育て上げてくれた……」

俗に女房の不作は六十年の不作といわれる。この意味において、僕は六十年の豊作に恵まれたものとして手放しで信じているが、その甘さを笑う人は笑ってくれていい。笑われれば笑われるほど、生きているうちにいたわってやれなかった彼女へ

のいたわりとなろう」　　　　　　　　　　　　『粗にして野だが卑ではない』

＊

いい歌が（石坂泰三さんには）多いよね。「声なきはさびしかりけり亡き妻の写真にむかひ物言ひてみつ」というのがある、これはいいね。

それから息子のことをうたった歌、「男ゆえに心に泣きて笑いつつ語るわが子の戦死なりけり」。石坂さんぐらいの人だったら、いくらでも徴兵逃れできた。徴兵逃れできなくても、最前線に出さないように工作もできるでしょう。自分の会社を東部軍司令部に貸しているんだから司令官とツーツーでしょう。でも何もしなかったんでしょう。石坂さんらしい……。　　　　　　　　　　　　『人間を読む旅』

＊

共同通信の村上浩は、ちょうどこのころ経団連詰めになった。初対面のとき、石坂が村上に訊《き》いた。

「きみ、女房を大事にしてるか」

思わぬ質問に、

「いやぁ……」

村上が苦笑していると、石坂はこわい顔になって、

「若いころは女房に用がない、と思うかも知れんが、年とったら用がある。いまのうちから大事にしとくんだ」

むきになって励ます感じであった。

『もう、きみには頼まない』

＊

「仕事と伴侶《はんりよ》。その二つだけ好きになれば人生は幸福だという……」

『小説日本銀行』

＊

妻が愛人であり、愛人が妻である——多忙な夫には、それがふさわしい。

『鮮やかな男』——『多忙といわれた男』

＊

「夫婦なんて、もともと、おかしなものですよ。ビアスというアメリカの作家もいってますよ。『人間、頭がおかしくなると、やることが二つある。ひとつは、自殺。ひとつは結婚』だと」

『男たちの好日』

＊

進退はすべて男が決めるべきで、妻子が口をはさむことではない。

『イースト・リバーの蟹《かに》』

＊

夫婦の旅行に観光的要素を加えるのは、互いに新鮮さがうすれかけてからでよい。風光の新鮮さに浸して相手の新鮮さを蘇《よみがえ》らせるのだ。

『成算あり』

＊

「どんな悪い女房だって、離縁するということは、やはりむずかしいことだ。そんな見苦しい思いをするくらいなら、がまんしていっしょにいようというのが、世間いっぱんの常だ。それを破って行動するということは、勇気も思慮もいることだよ」

『乗取り』

＊

「浮気したからといって、女房への元気がそれだけ衰えるなどというのは、小人の考えることだ。大物の真実は、むしろ逆だ。浮気しただけ発奮し、新たによみがえって、元気が湧《わ》くものだ。マイナス掛けるマイナスは、プラスなんだ」

『重役養成計画』

＊

「わたしは人生のたのしみは何でも一通り頭を突っこんでみるつもりです。人生は一度きりですからね。もう一度生れてきて、今度はあの趣味を試そう、などというわけには行きません」

「………」

「女も同じですよ。今回は古女房だけで辛抱して、次の人生では、あれこれ若い子となどというわけには行きません。あれもこれも、いま生きてるこの人生で味わい尽くしてしまわなくちゃ」

「……そういうものかなぁ」

「断じて、そうですよ」

「しかし、ふわふわがちゃがちゃ、うるさそうな人生だ。それより、おれは古女房で十分満足してるんだし、女だの趣味だのという気持のゆとりもない。やっぱり、いまのままがいい。人生をややこしくはしたくないんだ。あちこち枝葉を出して、くにゃくにゃ曲った盆栽のような人生より、柱のようにまっすぐな人生が好きだからな」

『男たちの好日』

＊

「けど、きみも純真で困るなあ。もっと自分のことを考えんと。自分が得することだけを考えるんや。この広い世の中で、ま、君の奥さんは別として、だれがきみのことを親身になって考えてくれるんや。だれもあらへん。きみ一人しかあらへん。だから、どれほど欲ばったところで、欲ばりすぎるということはあらへんのや。何と言われようと、どう見られようと、かまへん。自分の得だけ考えるようにしなはれ。それなら、どんなになったかて、人生、悔いなどあらへんで」

『うまい話あり』

親子のスタンス

強い感銘を受けた本に、グスタフ・フォス『日本の父へ』（新潮社）がある。フォス氏の父親は、ドイツの炭坑夫であった。息子のできがよいので、無理して工科系の学校へ行かせたが、その息子が神学に興味を持ち、神学校へとコースを変えてしまう。

それでもこの父親は一言も文句をいわず、黙って送り出す。だが、ようやく神学校を出たとたん、息子ははるか日本への布教を命じられ、二度とドイツへ帰れぬかも知れぬということになる。

いったい何のための教育、何のための親の苦労だったかといいたいところだが、フォス氏の父親は、ほとんど何もいわず送り出し、そのまま数十年経《た》ち、父子はついに再会することがなかった。

親にとって子供とは、本来そういうものでなかったかと、ふと考えさせられる話である。

親たちが、それぞれ個人生活を全うし、子供を個人として主体的に生きさせる。親と子の関係をそうした目で洗い直すことが、いまわれわれの社会でも必要とされているのではないだろうか。


『素直な戦士たち』

＊

楽天家たちの集まるオプティミスト・クラブというものがあると聞き、気分を転換しようと井上（準之助）は出かけて行く。

「世の中、悲観して過ごすのは、愚の極み。笑って渡ろうではないか」

という趣旨の集まりで、井上の興味をそそる数少ない会合のひとつとなった。

気持ちをふるい立たせるように、井上は気丈だった亡母のことを思い起こす。

目先のことでくよくよするのが大きらいな母親であった。食事で子供たちが集まったときなど、母親は口ぐせのようにいったものである。

「他人のことをうらやんではいけない。辛抱して、将来、発展すればいい。いま苦しいのはむしろ幸せ、と思いなさい」『男子の本懐』

*

神経をすり減らす職業であるプロゴルファー。アメリカの代表的プロの中で屈託なさでナンバー・ワンはトレビノであろう。

そのトレビノは、稚《おさな》いとき、父親が蒸発してしまった。成長した後、トレビノがあらためて母親に父蒸発の理由を訊くと、母親の答がふるっていた。

「クリーニング屋へ行ったまま、まだ帰ってこないのよ」

そのまま二十三年間帰ってこないというわけで、そのときトレビノは、抱えて行った洗濯物はどうなったかを、まず心配したという。

冗談好きのトレビノの言葉ではあるが、それにしても、この母にしてこの子あり、という気がする。『屈託なく生きる』

*

子供が他の家から客に呼ばれ、行くかどうか迷っているとき、井上（準之助）はいった。

「お受けしなさい。時々きちんと服装を整えて他人の前に出るということは、非常に心を引き締めて修養になるものだ」　『男子の本懐』

＊

「子供を持つのが苦しいのよ。こんな世の中ですものね。はたして平和に育てていけるかどうか、不安は一生つきまとうわ」　『危険な椅子《いす》』

＊

映子は、清次郎の顔を見直した。

「だって、お父さんは……」

「わしのことは心配するな。この歳《とし》になって、わしはもう欲もなければ元気もない。といって、おまえの荷物になりたくはない。いや、荷物になりたくないということだけが、いまのわしのただ一つの望みだ」

「お父さん、急にそんなことを言ったって」

「急ではない。ずっと考えてたことなんだ。わしはおまえと二人三脚でもするつもりで来た。けど、二人三脚は運動会でやるもので、人生では通用しない。共倒れになって、物笑いの種にされるだけだ」

『価格破壊』

＊

非行少年が生まれるのは、決して規律がないからではない。「規律」「規律」で育て上げられたはずの大人が、選挙違反でさわがれても大臣になれるという現代の世相。ここで大人たちが号令をかければ、声を持たない青少年たちは、いっそう大人たちから遠くなり、非行の遠因をさらにつけ加えることになりはしないだろうか。

貧寒たる子供を生む貧寒たる大人にだけはなりたくないものである。

『猛烈社員を排す』

「ホーム」の仕組

『かもめのジョナサン』の著者リチャード・バックと対談したとき、バックは、「自分のホームは雲の上だ」といった。というのは、「ホームとは、人間にとって、いちばん心の束縛を感じないですむ場所のことをいう」という彼なりのホーム観があるからである。

わたしたちは、ごく単純に、妻子が居る家のことをホーム、と考える。だが、ひとによっては、そういう家がいちばん心の休まらない場所、ということもある。そうしたひとにとって、それはホームであってホームではない。主婦はもちろんだが、家を構成するひとびと一人一人が、お互いに、その家がいちばん心の休まる場所になっているかどうか、常に考え直してみる。そうした反省があってこそ、はじめて家はホームとなるのではないだろうか。

『城山三郎全集／第1巻／男子の本懐』──「随筆（五月病を逃れて）」

＊

アメリカを初めて訪れたとき、何気なく開いた新聞の中から、おどり出てくる感じの老人の写真があった。

日灼《や》けした老人が両腕をひろげて、誰かを迎えようとし、またとないような、まぶしい笑顔を見せている。

写真の下には、大きな文字で、

「孫がよろこんで来てくれる！」

定年退職者向けの別荘地か、有料老人ホームだったかの広告であり、その明るい笑顔は三十年ほど経ったいまも、私の瞼《まぶた》に灼きついている。

他の説明は何も要らない。まだ壮年であった私でさえ、うーんとうなるほど、迫力のある写真であった。

同時に、私はほっとする思いにもさせられた。

戦後日本へなだれこんだアメリカ文明は、物質本位、そして個人主義的な冷たさを感じさせ、私には馴染《なじ》みにくいものに思えていた。

ところが、そうしたクールなはずのアメリカ人が、「孫が訪れてくれる」ということだけで、それほど大喜びするとは——。

孫とは、アメリカ人にとっても、それほど可愛《かわい》く、アピールするものなのかと、すっかり認識を改めさせられる思いがしたのであった。

『この日、この空、この私』

＊

伊地岡は、アメリカの雑誌に出ていた広告の文句が忘れられない。それには、

"Man at work

Money at work"

と、あった。

金融会社の宣伝で、

〈人が働くのも、金が働くのも、同じことだ〉

という意味のようであったが、伊地岡はそれを、

〈人が働く以上、金も働け〉

という風に解釈した。

人にせよ金にせよ、稼ぐに追いつく貧乏はない。自分と自分の金だけが、一家を救ってくれる――。

『学・経・年・不問』

＊

石田（禮助。もと国鉄総裁）はくり返し言った。

「家族に見守られて、生まれた。死ぬときも、家族に見守られて死ぬ。それがおれの希望だ」

『粗にして野だが卑ではない』

＊

「無理よ。あなたはいま病人よ。休まなくちゃだめなの」

「体は休んでも頭は働いている」

昭子は淋《さび》しそうに笑った。

「何か思いついたら、おっしゃってよ。わたしがおぼえるなり、メモしておきます」

「……」

「おねがい。ゆっくり休んで。それからまた少しずつ……」

「そう。スロー・バット・ステディか」

「スロー・バット・ステディで」

『鮮やかな男』——『多忙といわれた男』

＊

「奥さん思いも程々にね。寿命を縮めるわよ。お互いに長生きしましょう。長生きさえすれば、またチャンスがあるわ」

『城山三郎全集／第14巻／着陸復航せよ』——『神武崩れ』

＊

たとえばわたしたちは、いまの高年層のような芸者遊びを知らない。たまにお座敷などというところに招かれると、当惑するばかり。長唄と小唄と端唄《はうた》と、浄瑠璃《じょうるり》と義太夫の区別もつかない。スロー・テンポの日本舞踊のよさもわからない。

バーへ行っても、心底からたのしまない。どこかで、他人事のように眺めている。おもしろくないわけではないが、おもしろくなるまいとしている。溺《おぼ》れたくない。女性と入りくんだ関係になっては、わずらわしいし、だいいち、面倒くさくて口説く気にならない。

「その面倒くささ、女に尽くすということも、つまり、遊びの中なんだよ」

と、年輩者にいわれても、面倒くささはやはり面倒くささであり、また、「尽くす」とか「つとめる」とかは、もう十分という気がする。

嫌味にきこえるかもしれぬが、わたしたちはお国のために尽くしてきた。そのために、人生の最高の部分を吸いとられてしまったわけだ。何であれ、「尽くす」ことは、もう結構だし、こりごりなのである。それでいて、「尽くす」惰性がいまに続いて、わたしたちは、日常の必要な交際範囲では、よく尽くし、よくつとめる人間である。

会社にあっては、よく働くし、部下にたのまれれば、骨折ってやる。組合員としても、まじめである。家に帰っては、ほどほどによい亭主であり、父親である。女房子どもを放り出して、遊び呆《ほう》けるということができない。

破滅を、とくにこわがっているわけではない。むしろ破滅好きのところもある。「家庭の幸福は諸悪の源」といった太宰治に共鳴する部分もある。

それでいて、なお溺れないのは、やはり面倒くさいから、わずらわしいからである。働き者で、よく尽くす人間としては、必要最小限以上に尽くすことは、御免である。遊びだといわれても、「尽くす」ことは、おっくうなのだ。

『わたしの情報日記』

＊

「家も、子供と同様だ。人生の逃避になり、お荷物になる。見てみろ。みんな、家の月賦《げっぷ》払いに追われて、ひいひいいいながら、人生を終って行くじゃないか。家は暮せさえすれば十分で、持つ必要はない。それよりは、仕事のため、人生の充実のためお金を、つかうべきじゃないか」

『今日は再び来らず』

第七章　老後の風景

さらば会社よ

高度成長期をはさんでフルに働いてきた戦士たち。あそびも知らず、趣味らしい趣味も持たぬ。

さて、これからどういう勝負をするか。会社から離れて、どこへ軟着陸するのか。

「おれたちは糸の切れた凧《たこ》だ。それに比べりゃ、いまの若い連中はいい。自分の世界をちゃんと持っている」

そんな風につぶやく友人も居た。

うらやみ、嘆くというのでもない。おれたちはこうなるより仕方がなかった。こんな人生を運命づけられていた。

決して空《むな》しかったわけでなく、いますべてが空しいというのでもない。ただ……。

『湘南《しょうなん》』

＊

「青年老い易《やす》く、学成り難《がた》し。中年老い易く、楽成り難しですよ」

『鮮やかな男』――『非常口の男』

＊

いま、ぜひおすすめしたい一書がある。『タオ』(PARCO出版)である。

これは『老子』を英訳したものを詩人の加島祥造さんが日本語に訳したもので、ヨーロッパの分脈を一度通っているので、非常にわかりやすく近代的な表現になっている。

その中に、次のような一節がある。

『弓をいっぱい引きしぼったら、あとは放つばかりだ。カップに酒をいっぱいついだら、それはこぼれる時なんだ。金や宝石をやたら貯《た》めこむと、税金か、詐欺《さぎ》か、馬鹿《ばか》息子で消えてなくなる。そんな富や名誉をもっていばったって、その瞬間には、落ちこむせとぎわに立っているのさ。自分のやるべきことが終わったら、さっさとリタイヤするのがいいんだ。それがタオの自然な道なのさ――』

『嵐《あらし》の中の生きがい』

＊

「いよいよ退職ですね」

沖が神妙にいうと、笹上はまた、きこえよがしに大きな声を出した。

「しんみりするなよ。『退職おめでとう、笹上さん！』と、いってくれ。おれのは、ハッピイ・リタイアメントなんだから」

「……おめでとうございます。送別会、いや、お祝いの会は？」

「部でやってくれるといったが、ことわった。その代り、ちょうどいい、今夜は、きみとのみに行こう」

「しかし、どうして部の送別会を……」

「この時世だ。おれひとりのために、みんなに、わざわざ一晩割いてもらうことはない」

殊勝なことをと、沖は笹上の顔を見直した。だが、笹上は、すぐ、いい足した。

「もっとも、宴会の費用は、別にお祝い金としてもらうことにした。つき合いをわるくして、金を貯めてきたこれまでのくせが、最後にも、出てしまったわけさ。でも、まあ、いいだろう。いかにも、おれらしくって。それに、考えようによっては、みんなのためにもなる」

「どうして」

「退職者は、床の間を背に、しょんぼりしているか、悪酔いして荒れるかだ。だから、みんなも、送りがいがあろうというもの。ところが、おれは、陽気にバンザイばかりするつもりだから、みんな、しらけてしまうよ。やめるおれがよろこんでいては、みんなにわるいじゃないか」『毎日が日曜日』

＊

アメリカでは、マチュア・シチズン、人間として円熟した市民が、あらゆる面で大事になってきて、たとえば、マーケットとしても、マチュア・シチズン向けの商品開発――五十歳以上の男女を対象にした商品などが、予想以上に売れるという現象になってきているわけですよ。
言いかえれば、それはベスト・イヤーだということですよ。だから、そういう人たちのために、老後生活カタログだとか、『古きよき時代』というような雑誌とか、そういうものが非常によく売れてきている。とくによく売れるのは、新聞や雑誌、テレビなどが、そういう人たちにとって、重要なマスメディアになっている。つまりこれは別な見方をすれば、老後は一般に孤独ですから、孤独な文化を作り出している……ということかもしれない。

『サラリーマンの一生』

＊

六十代に入ったころ、「これはいい、これで行こう」と思ったのは、
「残躯《ざんく》楽しまざるべけんや」
という伊達《だて》政宗の言葉であった。
もっと日常的な言い方では、
「今朝《こんちょう》酒あらば　今朝酒を楽しみ
明日憂来《うれいきた》らば　明日憂えん」

といった生き方である。

『この日、この空、この私』

人生の晩秋

老人の特徴のひとつに、ひとりごとがある。それも、すれちがいざま、話しかけてくる形でひとりごとを言うひとが居る。

最初はおどろかされたが、このごろでは、同じ人が偶《たま》に無言のままで行きすぎると、体が弱ったのではないかと、かえって気になったりする。

今朝も裏道を歩いていると、路傍の新築現場に向かって、高い声でひとりごとを言っている老女に出会った。

「よかった、よかった。おまえは助かって」

老女は、庭先に残された松に向かって、語りかけていた。

そのあと、さらに数歩歩いて、老女は今度は悲鳴に近い声を立てた。

「あらまあ、かわいそうに。なんということを」

そこには伐《き》られた直後の櫟《くぬぎ》の切株があった。

やり過した後もなおも老女の声が届くので、ふり返ってみると、老女は腰を屈《かが》め、しきりに切株を撫《な》で続けていた。

『湘南《しょうなん》』

＊

アメリカの子供は、よく働く。貧しくもない家庭の子も、休暇など機会を見つけては働く。兄弟で新聞配達をしている学童。ゴルフ場近くの女の子たちは、魔法壜《びん》にジュースをつめて、芝生の端でゴルファーを待つ。車を呼びとめては、パンツ一枚になって車を洗って一ドル稼ぐ高校生グループもある。

早くから、少しでも親の世話にならぬ、自立自助の生活を身につけようとしている。よい意味での個人主義の中で育ってくる。それはまた、アメリカ発展の原動力の一つでもあったろう。

だが、その徹底した個人主義が、今度は老人の孤独という形で報われている。老人もまた独立して、それに孤立して生きねばならぬ。

『アメリカ細密バス旅行』

＊

老いとか死とかいうと、いつも浮かんでくるきびしいイメージがあります。『辛酸』で描いた田中正造です。あの人の場合、そのままでいれば衆議院議長になり、中央政界の元老として華やかで悠々たるくらしができたのに、鉱毒事件に苦しむ谷中《やなか》村に身を投じてしまう。代議士もやめて、代議士として運動するのは、選挙民の票欲しさに見られたりするし、不純だというのですね。水没していく村に乞食《こじき》同然の姿になってふみとどまって、あの人の歌でよく上《かみ》の句に使う『大雨に打たれたたかれ行く牛の……』というような悲惨な戦いの歳月を送るわけですが、それでいて、決して救世主ぶらず、指導者面《づら》しない。むしろ、村人たちに、「すまん、すまんのう」と言いつづけます。そして、七十三歳で死んだときに残ったのは、頭陀《ずだ》袋《ぶくろ》ひとつ。中をあけると、読み古した新約聖書と、道でひろったいくつかの小石だけだった。せめて虱《しらみ》のいない着物を着たいというのが、唯一《ゆいいつ》の個人的なねがいだったのに、それさえかなわないで。あのようにはげしく純粋な老年の姿を見ていると、じーんときてしまうんですね。人間が神にいちばん近いところまで高められたうえでの死、という気がするんですね。小春日和《びより》のような老年だけが望ましいわけではない。野垂れ死にに終わるあのように美しい老年もあり得る、ということを、心のどこかにとどめておきたい気がしますね。『サラリーマンの一生』

＊

新聞やテレビが老後の問題をとり上げぬ日はない。その多くが、個人年金など経済的な備えの問題、そして、どう住むかという器の問題についてである。

「お金持の話をするのではありませんが」と、ことわりながら、ある日のニュースは高額老人ホームを特集した。一億から二億の物件、管理費だけで月二十万近い。それだけにデラックス、設備も充実していて、安心して長い老後を送り、だれの世話にもならず末期《まつご》を迎えることができそうであった。ひたすらお金の力に物を言わせて。

入居者は「土地の一部を処分して」という感じの人が多かったが、その人たちが異口同音に言うのは、「子どもたちの面倒になりたくない。二人だけの老後を十分にたのしみたい」ということであった。これだけ稼いできたんだから、というニュアンスが、そこには在った。

まるで豪華ホテルの中での暮らし。

快適ではあろうが、しかし、いつか退屈にならないか。

ピンからキリまであるさまざまな老人ホーム、老人用マンション。最近では、もっと気楽に利用し、また出入りもできるようにと、高齢者専用ホテルなるものまでつくられている。

欧米の都会では、古びた安ホテルにいつのまにか高齢者が住みついているが、日本ではそのための新しく快適な専用ホテルまでつくられる。そこにも老後をまず器の問題、受け皿の問題としてとらえようとする流れがある。『人生余熱あり』

＊

その日は、申し分のない秋晴れ。小高い丘陵地にあるゴルフ場では、まわりの木々が黄に赤にと色づき、いくつもの入江のようにひろがる芝生には、秋の日が隅々まで溢《あふ》れていた。微風にのって、高らかな百舌《もず》の声が流れる。

「いい日だなあ」

ビルの谷間で机にはさまれていたのでは、もったいない。しかし、といって、ゴルフ場の芝生の上に居ても、そのもったいないという感じは消えなかった。ゴルフをしていても、もったいないような日。いったい何をすればそれに見合うのかとまどうような、それほどすばらしい日和というものがある。それは逆に言えば、人生には、まぶしいほどの内容がないということでもある。

『学・経・年・不問』

*

「それにしても、この雪の中で……。よく御精が出ますね」

「誤解しないでくれよ。わたしは、うまくなろうとしているのではない。ただ、きれいな球を打ちたいだけだ。『あの男は、最期《さいご》まで、きざな球を打っていたな』と、そんな風にいわれる死に方をしたい」

思いがけぬ言葉に、秘書課長は返事に困った。大きくうなずくわけにも行かない。風が吠《ほ》え、白い煙の中に、花野木老人の姿は消えたが、次の瞬間、球を打つ音がした。

眉《まゆ》の雪片を払うと、花野木はいった。

「スコアのためだけだったら、ボールを低目にころがせばいい。われわれの年輩なら、年の功でうまく行く。だが、わたしはそれをやらない。どんな短い距離でも、弧をえがいて、高くボールを上げ、ぴちっときまるきれいな球で攻めたい。ごろごろころがすようなぶざまなゴルフは、わたしはとらない」

「…………」

「球の身にもなってみたまえ。きれいに空高くとんでこそ、白さが光ろうというもの。よたよたまごまごされちゃ、清純無垢《むく》の球がかわいそうだ」『男たちの好日』

＊

「私の信念は何をするにも神がついていなければならぬということだ。それには正義の精神が必要だと思う。こんどもきっと神様がついてくれる。そういう信念で欲得なくサービス・アンド・サクリファイスでやるつもりだ」

商売に徹して生きた後は、「パブリック・サービス」。世の中のために尽くす。そこではじめて天国へ行ける。

石田（禮助《れいすけ》）は、

「これでパスポート・フォア・ヘブン（天国への旅券）を与えられた」

とも言った。

これを「天国へのパス」と書いた記者に対しては、

「きみ、パスではなく、パスポートだよ」

と注意した。

日ごろ乗降に使うようなものではなく、天国へ向け永遠に旅立つための大事な旅券だというのである。

『粗にして野だが卑ではない』

定年にとりあえず乾杯

長い冬の後、春はある日ふいにやってくる。さて、春には春の計画を考えねばならぬ。

『価格破壊』

＊

「千葉の東はずれに、山桜のとてもみごとな木があるんです。ぜひ見に行きましょう。仕事も一段落したそうですね。人間、気持の区切りが大切です。こういうときこそ、白い花吹雪を浴びて、浮世の苦労を洗い落とさなくちゃ」

『男たちの好日』

＊

今後は老齢で退職した人を食わせるために若い人の負担がどんどん大きくなってくる。そうすると、若い人の老齢社員を見る目は厳しくなってくると思うんです。ですから、ただ定年を延長しろと言うんじゃなくて、おれは残るに足るだけの人間だと言える力、内容を備えていかないといけない。ただ漫然と（定年を）六十五歳に延ばすということじゃなくて、何かそのへんに発想の転換がないと、若い人はたまらないと思うんですね。

『ビジネス・エリートの条件』

＊

サラリーマンの人は、みんな厚生年金あるから生活の不安はないよね。程度はいろいろあるだろうけどね。そういう意味では物質的にはハッピーリタイアメントの時代に入ってきてる。だからあと精神的なものというかね、生活の内容でどうするかということがあるんだけども、それはある意味でフロンティアなんだよね、日本人にとって、急に訪れてきたこういう社会だから。だからフロンティアを一人で進んでいく愉《たの》しみみたいなのがあると思います。だから何していいかわかんないと見るだけでなく、フロンティアだから、自分は自分なりの道を開いていくんだという、そういうクリエイティブな愉しみ方もあると思うんでね、あまり老後のあり方、過ごし方ということでは考えないね。『失われた志』

＊

第二の人生では、気楽に過ごしたいし、社会とのつながりも欲しい。意識の中での落差も持ちたくない。いや、できれば勢いよく飛び続けたい。

そう思う一方では、みじめな暮らしはしたくない。しかるべき器に納まり、ボケたり寝たきりになったときは人の世話になりたくない。つまり、人生うまく軟着陸したい。

その二つのことが、残念ながら両立するとは限らない。

前者を選ぶなら、後者を省くか、ある程度犠牲にすることを覚悟すべきであろう。器などどうでもよい。野垂れ死にすることもやむを得ない。また寝たきりになって子の世話になるかも知れぬが、そのときは子よ許してくれ。長患《ながわずら》いする親の世話はたいへんだろうが、そうした苦労が子の長い人生においていつか活《い》かされるときが必ず来る。

二度とない人生。何よりもいきいきと飛び続けさせてくれ――と。

『人生余熱あり』

＊

人材銀行というのがありますね。定年退職前後の人のために、第二の就職先を世話してやる職業斡旋《あっせん》機関ですが、管理職とか技術者、あるいは特殊な能力のある人を対象にしているのです。そこの室長に聞いたら、最近、おそらく中小企業でしょうが社長をやっていた人がやめて、どこか働き先を探してくれ、といってきている。人を使うのはこりごりだというのですね。

『ビジネス・エリートの条件』

＊

この世の勝敗や成否など問うところでない。やるべきことはやり尽くした。燃える限り燃えて、もはや、くすぶる人生の余熱はない。

『人生余熱あり』

老いへの挑戦

「七十を過ぎると、一年一年、生きることが仕事ですよ」

親しい経営者が、ふっとつぶやいた。さわやかなゴルフ場の空気の中であった。大企業の現役のトップであり、ゴルフは相変らずシングルに近い腕前。老いなどまるで感じさせない人の言葉であっただけに、胸に残った。

そういえば、多くのゴルフクラブでは、六十または六十五歳以上を「シニア」とし、さらに一区切りして、七十または七十五歳以上を「グランド・シニア」とする。「実年」とか「熟年」とかの熟さぬ日本語や、甘ったれた感じのある「シルバー」などより、この「シニア」という言い方がわたしは好きである。

英語社会でいう「シニア・シチズン」という呼称はさっぱりしているし、それでいて、どこかに「人生の先輩」といった感じもある。

人によってその差はあるであろうが、グランド・シニアにとって、一日一日をいとおしむ気持はさらに強くなるであろうし、元気なら、たとえ一食でもうまいものをということになろう。量がとれなくなった分だけ質を気にするというだけでなく、残りの食数が限られているという思いもあって。とにかく、一食でもまずいものは食うまい、と。

『嵐《あらし》の中の生きがい』

*

親しい先輩が、しみじみした口調でつぶやいた。

「人間、七十五を過ぎると、それから先は、一年一年生きることだけが仕事になる」

と。

わたしにはまだ実感はないが、本当にそうなのかも知れない。さまざまの病いや、深まる老いと戦う。それだけでも人生の一大事業なのであろう。

『打たれ強く生きる』

＊

（永田）耕衣は老いを拈弄《ねんろう》し続ける。掛け算の九九の最後は、九九八十一である。八十四歳になったとき、耕衣はそこで八十一までは「旧勘定」として切りすて、新たなスタートをしたことにして、自らを「三歳桜」と名乗る。「長生きするのも芸のうち」というが、そこまで芸をされては、老いも立つ瀬がない。『部長の大晩年』

＊

中山素平は姿勢がいい。

明治生まれとしては長身で、どちらかといえば痩軀《そうく》。眼鏡をかけた面長の顔は、学者あるいは法曹家風で、一見、厳しい感じを与える。

その中山をさらに近寄りにくいものに感じさせるのが、姿勢のよさである。背中に棒でも入れているのかと思わせるほど、腰掛けても歩いても、背筋をまっすぐ伸ばしている。

それを言うと、中山は、

「だって、姿勢が悪けりゃ、男じゃないよ」

耳に痛いことを言った上で、付け加えた。

「よく、ぼくの姿勢のことを褒《ほ》めるが、そのとき言うんですよ。人間、歳《とし》になると、足腰が弱くなる。家なんかにいると、やっぱり変な自堕落《じだらく》な歩き方をするけど、一歩外へ出て人が見てるとなると、何も変な意味じゃなくて、きちっとして歩こうとする。すると、自然に姿勢がよくなる」

トップはとくに気をつけるべきだと言い、まるでブラック・ユーモアの一シーンのような光景を話した。

「このごろ、お葬式へ行って、焼香のとき見てる。そうすると、年輩の連中が多いでしょ、ああ、彼はずいぶん弱ってる。もう永くはないなあ――とか、後ろ姿でわかる」

見て査定している当人が、九十一歳である。

＊

『運を天に任すなんて』

「昔から、おまえ百までわしゃ九十九までなどと唱えて、百を人生の局限のように思っているのは、大きな心得違いだ。人は養生次第で優に百歳に達することができるので、わたしはこれから若返って、ますます事業を発展させるつもりだ」

『気張る男』

＊

「現代の都会人というのは、少なくとも、一日に三十人以上の人間に会わないと、情緒不安定に陥ってしまうものだそうです。一種の精神病になるわけです」
「まさか……」
「本当の話ですよ。医学関係のニュースで読んだのですから。そうそう、それに、一日中、人間に会わないでいると、たしか、人間の脳細胞は十万個とかが、死滅してしまうというような話も、ききましたね。つまり、目には見えないけれど、脳がぼろぼろになって行く、ということですね」

『毎日が日曜日』

＊

〈一流大学出とはいっても、花のさかりが果たして、どれだけ続いたというのだろう。その短く果てたあとには、退屈で無名の老後が長々と続いている――〉

『怒りの標的』――『花の都の真中で』

生涯のフィナーレ

死というものは、観念としてはいろいろ言える。覚悟は語れるけど、（死が）実際にすぐそばまできたら、いやだいやだということしかないんじゃないかねえ。

『サラリーマンの一生』

＊

人間は死ぬものだ。死のふちを歩いている――そう思うと、一種の無常観にとらえられた。

『男たちの経営』

＊

結局、晩年期に入った人にとって、「死」は予告されたも同然なわけだから……。しかもその予告されたものが、徐々に近づいてくるという、それがいちばん怖いんじゃないでしょうか。

『サラリーマンの一生』

＊

「おれは、だれの世話もしない代りに、だれの世話にもなりたくない。世話になる資格のないことが、おれには、わかっている。だから、だめとわかったら、ひとの厄介にならぬうちに、きれいに死んでしまいたい」

『毎日が日曜日』

＊

「生きながらくさって行くより、死んだ方がましだ。早く死ぬ工夫はないか」

『雄気堂々　上巻』

＊

人間はどうせ死ぬんだから、どこで終わったって文句を言う筋合いはない……。

早い遅いの違いはあっても、ほかの人だって永久に生きるんじゃない、生まれてきた者は必ず死ぬんだからと割り切っちゃえば、それはそれで一つの生き方だと思うんです。

『サラリーマンの一生』

＊

この前もゴルフ場に行った時、キャディのおばさんに聞いたんだけど、午前中非常に快調に回られたお客さんが、九十一歳なんだけど、午後のスタートも二番目に打ったと言ったかな。出来が良いわけです。そしてそのホールを歩いて行く途中でパッタリ倒れて亡《な》くなったというんですよ。

その人は自分で車を運転してゴルフ場に来てたって言うんだよね。大学の先生だというんだけど。そういう人が、どんな暮らし方だったのか、夜に「寂しいよ」と言って、朝になると元気になるのかわかりませんけど、そういう死に方だってあるんだから、それは、私は最高の死に方だと思うんですよ。周りの人は大変だったろうけど、どうせ死ぬんだから、できればそういう死に方したいね。だから、理想的な生き方、死に方はいっぱいあると思う。

『失われた志』

＊

(昭和五十年二月)十四日朝、土光敏夫(もと経団連会長)が来訪。土光は後に弔辞の中で、その朝の情景を次のように報告する。

「早春の陽光が、部屋いっぱいに差し込み、窓の外には、梅がふくよかな香をただよわせておりました。

石坂(泰三)さん、あなたはいつものように、中国の古い詩を交えながらとても上機嫌に、歴史の話など、深みのある、豊かなお話をされました。あの時の、あなたの穏やかなお顔と、張りのあるお声は、今も、鮮やかに私の心に甦《よみがえ》って参ります」

最後の日々の中で、石坂は娘智子に幾度かつぶやいた。

「世の中の役にも立たないで……」

さらにまた、

「皆さんをお訪ねしなくては」

などとも。そして、

「ありがたい。今日も生かされている」

と言い、薄く眼を閉じるようにして、

「まるで、お芝居の舞台を見ているようだったな。次の幕が上ると、どうなるかと……。お芝居みたいで、楽しかったよ」　『もう、きみには頼まない』

＊

さて、日毎《ひごと》、窓から海を眺めるようになってまず感じたのは、「海は光る」ということである。一日中、海面は光りながら、東から西へとゆっくり移って行く。海は平らで巨大な発光体になって、横滑りして行く。黄金にまぶされて海が動いて行く、という感じである。

わたしはときどき仕事の筆を休め、茫然《ぼうぜん》として、その海を眺める。眺めている中に、黄金の小さな一片が、胸にとびこんでくる。そして、理由もないのに胸の中があたたかく濡《ぬ》れてきたりする。

一日の主な仕事も終るころ、西に移った黄金の海はいよいよ輝きを強めて語りかけてくる。

「あなたにとって、今日一日、黄金の日でしたか」と。

黄金の思いになれるのは、非力ながらも仕事をよくしたときだけではない。たのしいことがあったとき、よい人に会えたとき、よい本を読めたとき……。いや、無事息災に過ぎたというだけでも、それはよいことのひとつなのかも知れない。

生活がシンプルである限り、何かひとつよいことがあれば、その一点から、心の海も黄金にまぶされて来よう。

弱い人間としては、その黄金に目もくらむ思いで、トルストイのように「光ある中に光の中を歩め」と、自らを励まし、次の一歩、次なる一日へとふみ出して行く他はない。

『湘南《しょうなん》』

終わりに

——一つの箴言《しんげん》の力

本書のタイトルにした『静かに 健やかに 遠くまで』は、私の最も好きな次の言葉を縮めたものである。

「静かに行く者は　健やかに行く
健やかに行く者は　遠くまで行く」

いまとなっては、その書名も著者名も思い出せないが、高名の経済学者の業績と人物を紹介した本の中に出てきた言葉で、学生時代の終わりか大学教師になって間もない私が読み、すっかり、その虜《とりこ》になった本の中に出てきた言葉である。

たしか、イタリヤの経済学者パレートについての叙述の中で、彼がモットーとした言葉として紹介されていた。原語では、

Chi va piano, va sano

Chi va sano, va lontano

それこそローマ字読みで気持よく口ずさむことができ、くり返すうち、意味まで伝わってくる気がしてくるではないか。

もっとも、当時の私の中には、一種の後めたさもあった。経済学徒として、経済学の業績に感心せず、箴言のようなものに感心している。それでよいのか、と。

そういえば、私が経済学者ケインズの原著の中で、まず、とらえられたのが、『伝記論集』。

あまりの面白さに、一夏、信州にとじこもって、これを邦訳し、同窓生が編集者をしている出版社に持ちこんだところ、売れそうにない本として、「ノー」という返事。

ところが、その同じ本が、その出版社から十数年後に、ケインズ通とされる学者の訳書として刊行されることになり、私自身の恩師にはまるで考えられぬことであっただけに、学者世界の歪《ゆが》みをはじめて思い知らされ、さらに経済学から離れ、文学へと傾斜して行くことになった。

私の場合、結果的には一つの箴言が人生のコースを変えさせることになったのである。

そのおかげで、私は悔いのない人生を送ることができた。箴言には、それほど大きな力がある。「それに比べて私の書いてきたものなど」と身の縮む思いもするのだが、職業柄、少しは人間通、それに、やや年長の友人のつぶやきぐらいの感じでお読み頂き、ほんの僅《わず》かでもお役に立つようなことがあればと、念じている。

城山三郎

平成十三年十二月

解説

金田浩一呂

一つの箴言《しんげん》が人の運命を変えることがある、と著者はこの本のタイトルを例に、後書きで語っています。表題だけでは言葉の味がよく伝わりませんが、氏の最も好きな次の言葉を縮めたものということです。

「静かに行く者は　健やかに行く
健やかに行く者は　遠くまで行く」

経済学徒だった氏が、学生時代の終わりか大学教師になってまもなくのころ、読んだ本の中に出てきた言葉といいますから、まさに座右の書ならぬ座右の言葉といえましょう。

氏の記憶によると、イタリアの経済学者パレートがモットーとしていた言葉ということで次の原語も紹介されています。

Chi va piano, va sano

Chi va sano, va lontano

「それこそローマ字読みで気持よく口ずさむことができ、くり返すうち、意味まで伝わってくる気がしてくるではないか」と著者は言っています。なるほど、「シ・バ・ピアノ、バ・サノー」と繰り返すと、意味はともかく、「読書百遍意自《おの》ずから通ず」という漢文よりはるかに語感が滑らかで、イタリアが音楽の国であることを実感させられます。

ところで、著者はこのとき、経済学の業績より、「箴言のようなものに感心している」自分に、後ろめたさも感じたといいます。その後、ここに書かれているような事情もあって、さらに経済学から「文学へと傾斜」して行くのです。

そして「私の場合、結果的には一つの箴言が人生のコースを変えさせることに」なり、「そのおかげで、私は悔いのない人生を送ることができた」と言い切っておられます。

まことに羨《うらや》ましいばかりの話ですが、私がこの後書きを長々と引用してきたのは、学生時代、北川冬彦が主宰していた詩誌「時間」の同人だった著者は、やはり詩人だということを感じたからです。一つの言葉から人生を変えてしまうような衝撃を受けるということ自体、詩人ならではの感受性でしょう。

百冊近い著者の本から選んだアフォリズム（箴言）集であるこの本にも、随所に著者のそうした感性がうかがえる言葉があります。たとえば、東海道線の茅ヶ崎市に住んでいる氏が、よく利用するJR電車について語った次の文章。

〈わたしは、湘南《しようなん》電車が好きだ。／濃い緑と蜜柑色《みかんいろ》、明るく強い色だ。いつも陽光を感じさせる。（中略）新幹線――パールグレイとネイヴィブルーの冷たいメカニックな色、とりすました貴公子の顔だ。その横を、今日も律儀者《りちぎ》はせっせと脇目《わきめ》もふらず走る。健気《けなげ》に、まっとうに走る。／濃い緑とオレンジ――それは太陽の色、人間の色、あざむくことのない色だ〉（『鼠《ねずみ》』）

余談ながら、著者の隣町に住んでいて同じJRを利用しているにもかかわらず、詩心のない私は、湘南電車をそういう目で見たことがありませんでした。これを機に明日からはこの電車に少し敬意を払おうと思っております。

〈男にとって大切なことは愚直さですよね。もう明らかにそういうことしたら損だということが分かっってても、そういうことをしなくちゃいけないという使命感なり理想があって、愚直に生きていく。その愚直さということを、もう少し言いかえると、けじめの問題ですね。つまり、男らしい男は、けじめをつけるっていうことです〉

（『失われた志』）

「詩」と「愚直」という言葉は、一見、似合わないようですが、そうではありません。詩心とは、言葉を代えれば、理想を高く掲げたロマンチシズムであり、美意識でしょう。

昭和五十年に吉川英治文学賞を受けた氏の長編『落日燃ゆ』は、太平洋戦争のA級戦犯として、自らを弁明することなく、処刑台に立った唯一《ゆいいつ》の文官、広田弘毅《こうき》・元首相の、それこそ愚直な生涯を描いたものです。

この本にも『落日燃ゆ』から広田の次の言葉が収録されています。

〈人間しゃべれば必ず自己弁護が入る。結果として、他のだれかの非をあげることになる〉

愚直の反対語は何か知りませんが、この広田の言葉からは、昔、中学の漢文で教わった論語由来の「巧言令色《こうげんれいしょく》」という四字熟語が思い出されます。前尾繁三郎など、感心した昔の政治家の話のあとに出てくる次の言葉は、まさに「巧言令色」を語っているようです。

〈テレビの画面だけで見栄《みば》えがいいのは、私に言わせれば偽物《にせもの》ですね。媚《こ》びるだけの、見せかけだけの恰好《かっこう》よさは、何もしない人よりもっと悪いのではないでしょうか〉

この言葉も『失われた志』からの引用で、この箴言集には同書から多くが引用されています。もう一つ、著者が魅力を感じるリーダー、人間について語った言葉をあげます。

〈これは僕の持論になるんですけども、僕が魅力を感じるリーダーというか人間は、常にあるべき姿を求めていることが一つ。それから、生き生きしているということ。それは教養とか文化に対する関心だけじゃなくて、人間に対する関心、好奇心を失わないことですね。三つ目が卑《いや》しくないということ〉

最初の「あるべき姿を求め」とは「志」と言うことでしょう。三つ目の「卑しくない」という言葉にも氏の美意識を感じます。経済小説と呼ばれる分野を開拓し、作品も多い城山さんにしてみれば、三菱自動車を初めとする昨今の経済界の事件は、腹に据《す》えかねるものがあるでしょう。こうした事件をよく不祥事などと言いますが、とんでもないことです。

最近の経済事件は「志」など元々なく、自らの利益だけを目指した末の犯罪であり、その心根には「卑し」さしか感じられません。こうしたリーダーたちに比べれば、恐らくは著者が小泉首相を思い浮かべて語ったのではないかと思われる〈テレビの画面だけで見栄えがいい〉政治家はまだいい。

ここらは著者と見解が分かれるかもしれませんが、たしかに巧言令色の気があり、頼りないところも多い小泉首相が、いぜん一定の人気を保っているのは、贈り物はいっさい受け取らない、という「けじめ」に対し、人々が少なくとも「卑しくはない」と感じているからでしょう。（付け加えると、贈り物の話は、自分もそうしている、という野党民主党の岡田代表が語った言葉ですから嘘《うそ》ではないでしょう）。

話がそれました。よく言われることですが、宗教による倫理観の薄い日本で、その代わりをしたのは卑しさを知る恥の文化であり、そこから生まれた美意識だと思われます。著者が多くの小説やエッセーなどで謳《うた》ってきたモチーフです。この本にも次の言葉があります。

〈不況続きに「合理化」の名の下でレイオフや人員整理を行うトップがいるが、中山（素平。もと経済同友会代表幹事）に言わせれば、それは、／「人員整理をやるなら、まずトップが辞めるべきだ」／と、きびしい。／部下全員の助かるのを見届け、その上で自らの去就を——それは中山の気概であり、美学でもあった〉（『運を天に任すなんて』）

何やら話が堅くなりました。内容は冒頭にあげたエッセーでも分かるように、しかつめらしいものばかりではありません。次は小説『男たちの好日』からの文章です。

〈風が強まると、花吹雪はさらに濃さを増した。／「惜しいなあ。散らしたくない」

／牧が思わずつぶやくと、花野木はうなずきながらも、／「散るから、めでたいんです。伊勢物語にわたしの好きな歌があります。『散ればこそいとど桜はめでたけれ　うき世になにか久しかるべき』と」／「なるほど。うき世になにか久しかるべき、か」／「そのとおりです。だから、たのしまなくちゃ」／「そうじゃない。だから、やるべきことは急がなくちゃいかんのだ」／花吹雪が、二人の間を白いカーテンのようにゆれて通る（後略）〉

ここには美に対する感動は同じでも、触発された考えは違う二人の男がいます。著者がどちらの考えを良し、としているのか、この小説を読んでいない私には分かりません。しかし、次のような言葉をみると、どちらも肯定しているのではないかと思わされます。

〈「死とは何か」「人生とは何か」などという問いは、実人生においては、何ほどの意味も持たない。死のかげを払いのけ、とにかく生活してみること。人生を歩いてみて、はじめてその真実がわかるのではないだろうか〉（『男たちの経営』）

〈「矛盾などというのは、神代の昔から、いつでも、どの社会にでもあった」〉（『今日は再び来らず』）

〈挫折《ざせつ》のない男はつまらない、という。だが、考えてみれば、挫折のない人生というものはあり得ない。挫折を知らないということがひとつの挫折でもある（後略）〉（随筆「打出小槌町《うちでのこづちちょう》の住人たち」）

以前、氏の『対談集「気骨」について』を「頑固にして柔軟」という矛盾する見出しで紹介したことがあります。その流儀でいえば、このアフォリズム集には、詩的に理想の火を掲げながら、したたかに現実をも見据えてきた城山作品のエッセンスが詰まっているといえましょう。

（二〇〇四年六月、文筆業）

この作品は平成十四年二月海竜社より刊行された。

《出典一覧》

五十音順

『鮮やかな男』——『多忙といわれた男』『非常口の男』『ファンタスチックな男』 角川書店（角川文庫）
『甘い餌』——『不渡り』 文藝春秋（文春文庫）
『アメリカ生きがいの旅』 文藝春秋（文春文庫）
『アメリカ細密バス旅行』 文藝春秋（文春文庫）
『嵐の中の生きがい』 角川春樹事務所
『硫黄島に死す』——『基地はるかなり』 新潮社（新潮文庫）
『怒りの標的』——『花の都の真中で』 文藝春秋（文春文庫）
『イースト・リバーの蟹』——『遠くへお仕事に』 飛鳥新社
『イチかバチか』 角川書店（角川文庫）
『一歩の距離』 文藝春秋（文春文庫）
『失われた志』 文藝春秋（文春文庫）
『打たれ強く生きる』 新潮社（新潮文庫）
『打出小槌町一番地』 新潮社
『うまい話あり』 角川書店（角川文庫）
『運を天に任すなんて』 光文社
『黄金峡』 読売新聞社
『黄金の日日』 新潮社（新潮文庫）
『男たちの経営』 角川書店（角川文庫）
『男たちの好日』 新潮社（新潮文庫）
『「男の生き方」四〇選』上巻・下巻 文藝春秋（文春文庫）
『外食王の飢え』 講談社（講談社文庫）
『価格破壊』 角川書店（角川文庫）
『学・経・年・不問』 文藝春秋（文春文庫）
『彼も人の子 ナポレオン』 講談社（講談社文庫）

『軽やかなヒーローたち』　講談社
『危険な椅子』　角川書店（角川文庫）
『気張る男』　文藝春秋
『今日は再び来らず』　講談社（講談社文庫）
『屈託なく生きる』　講談社
『賢人たちの世』　文藝春秋（文春文庫）
『この日、この空、この私』　朝日新聞社
『サラリーマンの一生』　角川書店（角川文庫）
『指揮官たちの特攻』　新潮社
『静かなタフネス10の人生』
『重役養成計画』　文藝春秋（文春文庫）
『小説日本銀行』　角川書店（角川文庫）
『湘南』　新潮社（新潮文庫）
『城山三郎全集／第1巻／男子の本懐』　文藝春秋（文春文庫）
――『ある倒産』『神武崩れ』　新潮社
「随筆」
『城山三郎全集／第3巻』――『輸出』　新潮社
『城山三郎全集／第14巻／着陸復航せよ』　新潮社
『辛酸』　角川書店（角川文庫）
『人生余熱あり』　光文社（光文社文庫）
『素直な戦士たち』　新潮社（新潮文庫）
『成算あり』　角川書店（角川文庫）
『零からの栄光』　角川書店（角川文庫）
『粗にして野だが卑ではない』　文藝春秋（文春文庫）
『大義の末』　角川書店（角川文庫）
『男子の本懐』　新潮社（新潮文庫）
『当社別状なし』　文藝春秋（文春文庫）
『人間を読む旅』　岩波書店
『鼠』　文藝春秋（文春文庫）
『乗取り』　新潮社（新潮文庫）
『ビジネス・エリートの条件』　講談社
『ビッグボーイの生涯』　講談社（講談社文庫）
『秀吉と武吉』　新潮社（新潮文庫）
『百戦百勝』　角川書店（角川文庫）
『風雲に乗る』　光文社

『わたしの情報日記』　集英社
『部長の大晩年』　朝日新聞社
『望郷のとき』　文藝春秋（文春文庫）
『本田宗一郎との一〇〇時間』　講談社（講談社文庫）
『毎日が日曜日』　新潮社（新潮文庫）
『もう、きみには頼まない』　文藝春秋（文春文庫）
『盲人重役』　角川書店（角川文庫）
『猛烈社員を排す』　文藝春秋（文春文庫）
『役員室午後三時』　新潮社（新潮文庫）
『野性的人間の経済史』　番町書房
『野性のひとびと』　文藝春秋（文春文庫）
『雄気堂々』上巻・下巻　新潮社（新潮文庫）
『勇者は語らず』　新潮社（新潮文庫）
『落日燃ゆ』　新潮社（新潮文庫）
『臨3311に乗れ』　集英社（集英社文庫）
『歴史にみる実力者の条件』　講談社
『わしの眼は十年先が見える』　新潮社（新潮文庫）

静《しず》かに 健《すこ》やかに 遠《とお》くまで

新潮文庫　し-7-29

平成十六年八月一日発行
平成二十年七月三十日五刷

著者　城《しろ》山《やま》三《さぶ》郎《ろう》
編纂&編集協力　(株)元気工房

発行者　佐藤隆信
発行所　株式会社　新潮社
郵便番号　一六二―八七一一
東京都新宿区矢来町七一
電話　編集部(〇三)三二六六―五四四〇
　　　読者係(〇三)三二六六―五一一一
http://www.shinchosha.co.jp
価格はカバーに表示してあります。
乱丁・落丁本は、ご面倒ですが小社読者係宛ご送付ください。送料小社負担にてお取替えいたします。

印刷・二光印刷株式会社　製本・株式会社植木製本所

ISBN978-4-10-113329-4 C0195